公元 787 年，唐封疆大吏马总集诸子精华，编著成《意林》一书 6 卷，流传至今
意林：始于公元 787 年，距今 1200 余年

意林 ®

一则故事　改变一生

致青春系列 008

意林

梅吉
MEI JI 著

青柠时代 VI

长江出版社
CHANGJIANGPRESS

图书在版编目（CIP）数据

青柠时代. 6 / 梅吉著.
— 武汉：长江出版社, 2019.11
ISBN 978-7-5492-6805-4

Ⅰ.①青… Ⅱ.①梅… Ⅲ.①长篇小说 – 中国 – 当代
Ⅳ.①I247.5

中国版本图书馆CIP数据核字(2019)第259508号

青柠时代Ⅵ
Qingning Shidai Ⅵ

作　　者　梅　吉

出　　版　长江出版社
　　　　　（武汉市解放大道1863号）
选题策划　安　雅　张　星
市场发行　长江出版社发行部
网　　址　http://www.cjpress.com.cn
责任编辑　李　恒
特约编辑　丁　旭
封面绘画　BOBO
封面设计　胡静梅
装帧设计　王　宁
印　　刷　嘉业印刷（天津）有限公司
版　　次　2019年11月第1版
印　　次　2019年11月第1次印刷
开　　本　700mm×1000mm　1/16
印　　张　11
字　　数　207千字
书　　号　ISBN 978-7-5492-6805-4
定　　价　29.00元

初心未泯，以致青春

《意林》杂志创立于2003年8月，一直以现实温暖和寓意深刻的小故事吸引读者，强调励志和人文关怀，是中国目前很有影响力的杂志之一。

"一则故事，改变一生"是《意林》一贯的宗旨，通过关注读者身边的大事小情、平凡生活，倡导一种积极健康的生活理念，力求打破这个快节奏社会人与人之间的交流壁垒，传递人与人之间的真挚情感。

凭借着这样的理念与办刊初衷，意林集团在2015年推出了专门为中学生打造的图书系列——"致青春"。我们希望用细腻真实的人物情感，贴近中学生生活情景的故事背景，曲折动人的事件发展，带给读者一种发自内心的青春共鸣。

"青春"是一种群体记忆，青春给人留下的回忆或甜美，或心酸，或遗憾，或孤单，但都是弥足珍贵的，带着一种不足为外人道的隐秘情绪，令人久久回味。

如今市场上充斥着许多所谓的"青春文学"，为了吸引眼球，故事被过多华丽繁复的细节包装，人物情感脆弱，灵魂苍白，缺少内涵，脱离了真正的校园生活，变得格外极端和残酷。

《意林》希望将充满正能量的青春展现给读者。在成长的道路上，有守护在你身边的亲人，也有默默陪伴你的小伙伴，更有为了未来不断努力拼搏、奋斗的身影。我们希望这样优秀、纯净的青春故事能够如清新的春雨般滋润人心，引导青少年成长为人格健全、价值观正确的成年人。

◎青柠时代，你我同行

《意林》选择《青柠时代》作为"致青春"系列的第一弹。之所以叫"青柠时代"，是因为作者表现出的青春就像青色的柠檬一样，微酸、微涩，还有一些甘甜。作者梅吉极为擅长细腻的情感处理，于细节处感动人心。当然也会有悲伤，却不会有颓废，因为真正的青春就应该是永不放弃，不断努力与拼搏的。

身边小伙伴们天真、纯粹的友情是我们整个青春时代里最重要的陪伴。虽然也会有争吵，也会有埋怨，然而我们都不曾忘怀一起牵手走过的岁月，那些携手共度的倾城时光，是值得一生珍藏的美好回忆。

◎青葱校园，感动成长

成长总是伴随着疼痛与喜悦，而校园，作为所有人成长的起点，有太多感动的故事在这里上演。每一年的相聚和别离，每一次的欢笑与泪水，都被记录在关于青春的回忆中。

所以，"致青春"系列的主要故事背景也设置在校园中，更加贴近学生生活，书中的主人公们如同陪伴你一起成长的小伙伴，手拉手一起前行。子曰："三人行，必有我师焉。"如今的校园已经不单纯是学习的地方，更像一个"小社会"，同学们都充满个性，每个人看问题的角度也不尽相同。从校园这个视角出发，可以折射出社会的不同面，在不断的学习过程中，我们收获的自然不仅仅是课本上的知识，更有做人的道理，以及更广阔的视野。

◎另类高考，致敬青春

《意林》作为位于中国发行量前列的学生杂志，一直非常关注高考。"意林体"屡次命中高考作文，让众多高考考生对《意林》杂志更为追捧。如今，"高考"已经成为《意林》杂志的一个关键词，我们愿意通过那些鸡汤式的励志小故事，给众多考生启示，也传递出温暖的人文关怀。虽然高考十分重要，却也只是一次考试而已，未来的人生，还有更多的考验。

每个人的青春都是千差万别的，而不同的青春又拥有着时代的共性，每个时代都是最好的时代，我们向不同的人生、不同的青春致敬，希望"致青春"这个系列的故事可以让你回忆起最初的感动，勿忘初心，致敬青春。

Contents
目 录

Contents
目 录

第一章

那些温暖和明亮，会如约而至

1

八月的清晨，天光亮得格外早。

工作了一夜的毕夏揉揉有些酸胀的眼睛，起身去窗边透透气。路灯还亮着，一团一团昏黄的光在冷蓝色的天空下显得格外寂寥。毕夏不由得陷入了回忆里，曾经的八月，有过一条安静的小街，金色的桂花挂满树梢，骑着单车的她仰起头来会觉得呼吸都是香的，那时候的她，如此幸福。一晃七年过去，她走过很多条街，景色美的也有无数，却再也没有当年安宁平静的心情。

一场大火，将她的青春和人生都改变了。

那些关于夏季清朗的世界，明媚的阳光，永远都只停留在记忆里。

很长一段时间，她仿若走在一条深暗的隧道里，没有尽头，没有光，她觉得自己快走不下去了，一点儿希望都没有。可是回头看看，最难的那些已经过去，曾经的迷惘，因为一道光亮而慢慢散去。也许这光就是信念吧，她要变得强大起来，要让那个痛楚的毕夏重新获得幸福。

当陆怀箫推门而入时，看到立在窗前凝神的毕夏，晨光扑在她的脸上，乌黑的发丝自然地垂落下来，划过耳际，显得格外娉婷清丽，这样的一幕令他有着初遇时的怦然心动。

陆怀箫从来没有像现在这样幸福，他一直克制隐忍，觉得像毕夏这样美好的女孩怎么会属于他呢？他爱她的方式是平静而坚定地守护她，在她需要的时候拼尽全力，在她安稳的时候退到一旁。这七年，他看着她失去了父亲和奶奶，失去了初恋，被学校开除，再到出国念书，现在回来创业，他心里萌生了一个大胆的念头，也许他可以呵护她一生。不，这个念头一直都在他心里疯狂地滋长，只是他压抑着自己，他就是这样的性子，即使最思念的时候也只允许自己给她打个电话，听听她的声音。

他一直觉得毕夏心里还有楚君尧，第一次在米兰见到楚君尧的时候，他以为他们重归于好。不得不承认，楚君尧拥有一切令人骄傲的资本，俊朗，优秀，性格阳光，家境优渥。而他，却有太重的心思和太深的责任，他不想再把自己命运沉重的一部分加给毕夏……可是现在，想要和毕夏在一起的这个疯狂的念头越来越清晰，那些望向毕夏的眼神，自然而情深，根本藏不住。

毕夏回国后重新开了"衣雅"，之前的公司被她卖掉了，但她独独把"衣雅"这个名字留下来了，就为了有一天能将父亲的心血延续。当然，公司现在的规模比当年毕夏父亲在时小了许多。她用当年卖公司的钱租了一个厂房，配置了设备，招了二十多名员工。现在想要创立新品牌不现实，她只能依靠着"衣雅"的名号，接一些零散的业务，也就是所谓的代工厂。

虽然规模不大，但开头还算顺利，并且在重建"衣雅"的过程中，陆怀箫一直陪着毕夏，从办理工商执照到厂址选择，从员工招聘培训，再到接订单洽谈业务……陆怀箫看着一天比一天更加坚毅的毕夏，对她的感情更多了分敬意。

毕夏别过面孔，看到陆怀箫，一点儿也不意外，粲然一笑："这么早？"

"昨晚叮嘱你回家休息，就知道你不会听。"

"李总的这批订单要得太急，设计图交了三次都没有通过，我真是担心后期时间不够。"

陆怀箫从保温桶里端出小米粥和几碟小菜："工作要紧，但身体也很要紧。"

毕夏笑了："都跟你说过不用特意过来送早餐，从你家到这边也得半个小时，太麻烦了……"

"不要紧，我习惯早起。"

陆怀箫是个自律的人，不管晚上几点睡，早上五点必然起床。父母身体虽还好，但他们除了照顾陆怀箫脑瘫的哥哥，还要做工赚钱，着实辛苦。陆怀箫体谅父母，毕业时本可以去一线城市发展，却还是选择了回家乡。现在的公司离家较远，他也选择住在家里，就为了能够帮父母分担一些家务琐事，回家后除了照顾哥哥的生活起居，每天都是早起将一家人的早餐准备好，再去公司上班。

陆怀箫的同事们都觉得他是个疏离的人，平日里的聚会他都不参加，还以为他清高难以相处。然而他们不知道，他根本没有时间去休闲娱乐，对工作的严谨，对家人的责任，让他生生变成了一个沉闷的人。

好在毕夏回来了。

望着她的时候，他会觉得自己晦暗的心里透进光来。那些光，漫过心脏，漫过胸腔，漫过他人生的低洼处，给了他许多力量。

这么多年过去了，他再也没有遇到过谁，能给他这般温暖的感觉。

"再熬夜眼袋都出来了。"陆怀箫看着慢慢吃早餐的毕夏，柔声地说，"会丑。"

"女为悦己者容，我为谁？"

陆怀箫心里那个"我"生生被压了下去，抬手摸摸她的头："乖，真的别熬夜了。"

毕夏的笑意更浓了："陆怀箫，你的样子好慈祥。"

"我可不觉得这是表扬。"

"不然呢？"

两人相视一笑。

他们之间已经变得越来越默契，甚至是亲昵。

陆怀箫喜欢这样的感觉，即使不说话，只是这样静静地待着，也会让他满心欢喜。他也喜欢毕夏吃到他亲手做的饭菜。这几日毕夏为了赶工，吃住都在工厂，所以他每日都早早地过来送早餐。

当他提着亲手做的早餐坐在公交车上时，会感觉到一种微醺般的甜蜜，因为他知道，她就在那里。那些漫长的煎熬、无尽的思念之后，她回来了。

他可以时时看到她的脸，听到她的声音，也能和她一起为事业奋斗。

这一份参与感带给他的，是深深的知足。

毕夏喝着粥，想起似的说："做完这批订单后，我想设计一个秋款风衣系列，定位不用太高端，可以走学生市场……"

两个人正聊着，突然外面一阵嘈杂声，毕夏和陆怀箫不由得起身朝外走去。

员工们正围在一起，慌张地喊着："掐人中，快掐人中！风油精！谁有风油精？"

等毕夏出去，人群自动让开一条路，毕夏看到一个年轻的女员工双眼紧闭脸色苍白地躺在地上，扶着她的人正掐着她的人中，高声喊她的名字。

毕夏扬声问："怎么回事？赶紧拨打120！"

"已经打过了！"有人回答。

"大家不要围在这里，先把她送到我办公室休息……"

陆怀箫将领班喊过来询问才知道，这位名叫齐玫的女工为了挣加班费替别人上班，已经连续好几天没有休息了。

"你们怎么可以同意？要是出事怎么办？"陆怀箫蹙眉质问领班。

"她说家里急需用钱，我看她年轻，又是熟工，所以也就……"领班自责地看了毕夏一眼，"毕总，以后我会注意点。"

"打电话通知她家属，一会儿你陪着去医院，医药费我们报销。"毕夏心急不已，现在工厂才运作起来，如果出现事故，不利于员工稳定。她自责不已，为了赶工确实在加班费上加大了奖励，但她没有想到员工会这样拼命。

"醒了，醒了！"正在给齐玫掐人中的员工惊喜地喊出声。

毕夏心里松口气，和陆怀箫赶紧上前查看。

"毕总，我没事。"齐玫醒来后才得知自己昏厥，又看到毕夏也在，讪讪地说，

"我这就回去工作，对不起！"

"医生马上到，先去医院检查，这几日就在家休息。"毕夏关切地说。

"是呀，都怀孕了还是要多注意休息！"站在齐玫旁边的人责备道，"别……"

"没有，没有！"齐玫突然紧张起来，她学历不高，也不懂法，怕毕夏知道她怀孕会开除她，赶紧打断对方，"我没事！真的没事！"

毕夏深深地看了她一眼："怀孕了怎么还这么拼？"

"毕总……"齐玫急得快要哭出来，"我……我……"

毕夏明白她的担忧，安抚地拍拍她的肩："别害怕，我们签了劳动合同，在你怀孕期间公司开除你是违法行为，不过真的不能这么拼命了。"

齐玫感激地望着毕夏："谢谢毕总，我会注意的！"

救护车来了后，齐玫原本不想去医院，怕花钱也怕耽误工作，在毕夏的坚持下，她才同意去医院做检查。

等陆怀箫和毕夏独处的时候，他望着毕夏欲言又止："其实……"

"我知道你想说我太心软。"毕夏艰涩一笑，"可是我不能做违心的事。"

"招聘新人的时候就应该在合同里明确规定入职一年内不能怀孕，你想想看，这才刚上班一个月就怀孕，接着就是各种请假检查，还有产假……如果人人都这样，特别影响人员管理和工作进展。"

"也许我不适合做个商人吧。"毕夏自嘲地笑笑，"我知道你说得对，可我真的做不到。一个公司得有凝聚力和企业精神，这不是靠严格的规章制度和条条款款来约束。"

"我承认，你说得对，但目前对这些员工来说，他们的动力只和工资挂钩，你的理想或者目标对他们来说都不重要，他们要的是实实在在的收入！而你的善良也许只会被他们看作无能！"陆怀箫对于毕夏刚才对齐玫的态度不能苟同，在他看来，应该对齐玫进行惩戒，也是毕夏立威的一个时机。如果其他员工觉得毕夏太好说话，工作难免会懈怠。

"陆怀箫，这件事你说服不了我。"毕夏缓缓语气，笑了，"快去上班吧！"

陆怀箫无可奈何，只得在心里叹了口气，也许这就是毕夏的处事风格。

陆怀箫离开后，毕夏将部门负责人和领班召集起来开会，对于加班时间重新调整，不再允许员工连轴转了。从国外回来后，她马不停蹄地开始自立门户，原本想请以前父亲最信任的孟叔叔负责管理，但孟叔叔已经决定退休回家带孙子，他帮忙联络了一些老员工，也将之前"衣雅"的一些客户介绍给了毕夏。

虽然已经有了订单，但起步阶段还是有很多问题要磨合，并且对于毕夏来说，她不想只做作坊式的小公司，而是希望能够尽快建立一个完善的体系，扩大规模，打响属于自己的品牌。这些都是她所考虑的问题，所以她不会为眼前的业务沾沾自喜。

2

毕夏正在整理最近的订单时，门突然"砰"的一声被推开，从外面闯进来几个气势汹汹的男人，为首的男人穿着一件花格子衬衣，中等个子，精瘦黝黑。他上前就从毕夏手里夺走合同，抬手往地上一扔。

"你们是谁，想干什么？"毕夏腾地站起身，厉声问道。

"我们是谁？"花格子衬衣绕到办公桌后抬手推搡毕夏一把，指着她凶悍地说，"我告诉你，你摊上大麻烦了！"

此时，他身后的男人已经把办公室的门关上。

毕夏拿起手机想要拨打电话，也被男人一把夺走，直接扔到水杯里。

"你们到底想干什么？"毕夏怒视他们，却也知道凭她一己之力无法对抗他们四个人，此刻已是下班时间，外面恐怕已经没有员工了，再加上工厂刚刚建立起来，安保人员只有两名。这些人能够直接进入办公室，想必也是避开了安保人员偷偷溜进来的。

"你老实点！"另一个男人嚷嚷道，"你知不知道你杀了余三的孩子？这可是他们夫妻第一个孩子，要不是你这个黑心的老板，孩子能说没就没？"

"什么孩子？我根本就不懂你们在说什么，请你们离开我的办公室！否则我报警了！"

"你报呀！"花格子衬衣男人气咻咻地把毕夏桌上的东西一股脑儿拂到地上，一副豁出去的样子，"我告诉你，警察来了能把我们怎么样？我们就是来找你讨说法的！你不给我赔偿，我就天天上你这儿来闹，看你怎么报警！"

毕夏知道自己遇到无赖了，她强迫自己冷静下来，冷眼望着他们："既然你们来讨说法，那也得告诉我到底怎么回事。"

"怎么回事？我告诉你，齐玫是我老婆——"

原来花格子衬衣男人就是余三。今天齐玫因为晕倒被送到医院，医生做过检查告知她腹中两个月的胎儿停止发育。余三得知后，心中却是大喜，他觉得妻子是在工作时间晕倒，然后孩子没了，这就属于工伤呀！他早听妻子说老板只是一个二十岁出头的女孩，觉得好欺负好糊弄，所以便找了三个朋友叫嚣着来衣雅公司，想要讹毕夏一笔钱。

　　见到毕夏的反应倒是让余三有点儿意外，他知道毕夏年轻，但此刻他们好像并没有吓住她。她镇定自若的样子令他恼羞成怒，这难道是瞧不起他吗？他还就非讹上她了，不给个八万十万的，他可不会罢休。

　　"你说是工伤，那可以找司法机构来鉴定！"毕夏无所畏惧地望着余三，冷冷地说，"法院如果认定我们有责任，该赔多少就赔多少。"

　　"别拿法院来吓唬我！"余三一拍桌子，恶狠狠地凑到毕夏面前，"我现在就是要跟你私了，你给我们赔偿个十万这件事就算了，要不然我就天天来闹，让你这公司没法开下去！"

　　"你这是敲诈！"毕夏冷笑，"告诉你，我一分钱也不会给你！现在请你离开我的办公室！"

　　毕夏说着就要朝门口走，却被余三挡住了，他的同伙上前一人抓住毕夏一条胳膊，反拧到身后，疼得毕夏倒吸一口气，却忍住没有喊出声来。

　　毕夏被他们按着坐到椅子上，余三睨着眼，杀气越来越重地说："十万块要是不给的话，老子今天不会放你走。"

　　毕夏知道今天很难脱身了，心里盘算着该如何周旋。

　　余三见她不理，干脆一屁股坐到沙发上："行，咱们就耗着！看你什么时候想通！"

　　"你识相点把钱给我们就算了，要不然你是走不出这个办公室的！"余三的同伙"语重心长"地说。

　　"我说了，可以走法律程序，该赔多少就赔多少，但你们想敲诈，我是不会让你们得逞的！"

　　时间一分一秒地过去，毕夏心里也有些慌，如果他们一直拿不到钱会不会做出极端的事？她将办公室里间留作休息室，平时工作忙不回家也是常有的事，母亲不会寻来。可是即使他们今天拿不到钱走了，那明天呢？他们势在必得的样子，就是欺负她年轻无靠山，为了息事宁人，她到底要不要给他们十万块呢？毕夏又立刻在心里否定，不能让他们得逞，否则以后麻烦不断。

　　这时办公室的门被敲响了，毕夏的心里骤然一紧，不由得望向门口。

　　余三他们几个也是面色一紧，余三上前压低声音："不许出声！否则有你好看！"

　　"毕总？"毕夏听出来是一个下属的声音，她刚想回答，余三已经眼明手快地从身边捂住她的嘴巴，另外三人一起摁住毕夏，令她无法动弹和发出声音。

门外的人等了一会儿，见没有人回应就离开了。

余三抬手扇了毕夏一个耳光："你以为是跟你闹着玩呢？告诉你，我可是什么事都做得出来，你最好别把我逼急了！"

毕夏感觉半边脸火辣辣地疼，她愤怒地抬手想要还击，无奈却被余三的手下抓住，动弹不得，她冷冷地说："我没钱！别说十万了，一万也没有！"

余三气急败坏，抬手朝毕夏腹部就是一拳，等他再想挥拳时却被同伙拉住："余三，咱们是求财，你别把事情搞大了！"

"这女人就是欠揍！"余三骂骂咧咧，"我看她是不见棺材不落泪！"

毕夏疼得蜷起身子，眼泪差点落下来。此刻的她几乎陷入绝望，心里暗暗期许着陆怀箫能出现，可是他又怎么会知道她有危险呢？她强迫自己冷静下来。

"医生说了，我老婆这次流产以后很难再怀孕。"余三狠狠地说，"她这属于工伤！就是你这个老板压榨他们，让他们没日没夜地干活造成的！"

毕夏想起齐玫的脸，那个女人温顺老实，怎么会嫁给这种无赖男人呢？妻子流产不在医院里照顾，却借着这事来勒索。她不由得为齐玫叹息。

僵持之中，突然又听到敲门声，余三他们猝不及防，毕夏立刻喊起来："报警！快报警！"

余三咒骂一句，冲过去打开门，而门口站着的人竟然是陆怀箫。

陆怀箫朝里望一眼，看着虎视眈眈的四个男人，已然了解毕夏遇到了危险。他每天都会在下班的时候给她打电话，今天给她打电话却一直没有打通。他怕她又忙太晚所以从公司赶过来，想带她吃个晚饭再送她回家。

陆怀箫走进门，余三的同伙不怀好意地赶紧把门关上了，陆怀箫的目光却只是坚定不移地望着毕夏，用眼神告诉她，别怕，我来了。

毕夏回他以微笑，心里突然间安稳下来。也许这不仅仅是巧合，而是命运，每每她遇到危险，出现在她身边的都是陆怀箫，他们已经在不知不觉中，越走越近。

"你们是什么人？想要做什么？"陆怀箫漠然地望着他们问。

余三也不知道陆怀箫和毕夏的关系，只是突然之间有旁人进来，他一时有些迟疑，想着要不下次再来找毕夏。可是他今天手头紧，还想着搞了钱能够去玩几把牌，再加上又喊了几个朋友来，没钱一会儿怎么请别人喝酒？余三暗暗下定决心，今天定要毕夏出点钱才罢休。

"这个女人害得我老婆流产，我们这是来找她要说法！"余三拍了拍桌子，"老子就把话撂下了，不给钱你们今天就别想出这个门！"

"如果你有异议，我们可以协商，其他休想！"

毕夏话音刚落，余三就气急败坏地抬起手来，陆怀箫立刻挡在毕夏面前抓住余三的手腕向后用力一推，余三踉跄一步，恼羞成怒地站定。他朝后面的同伙一挥手，另外三个人立刻涌上来跟陆怀箫对打起来。

陆怀箫把毕夏护在身后，尽力躲闪，但被四个人围困到底寡不敌众，身上已经挨了不少拳头。

找准机会，余三一脚踹向陆怀箫，后者摔倒在地，这个空隙让余三同伙抓住毕夏，陆怀箫转身来护，没想到另一个同伙抓起花瓶就朝陆怀箫头上砸去。

"小心——"毕夏惊惧地大喊一声，眼睁睁看着花瓶在陆怀箫头上碎开，鲜血从他的头顶流淌下来。毕夏不顾一切地推开余三，朝陆怀箫扑过去。

"怀箫！陆怀箫！"毕夏惊惧地看着满脸是血的陆怀箫，拼命地挣脱余三等人的桎梏，扑过去查看陆怀箫的伤口。

余三他们也没想到事情会闹大，本来也就是装模作样敲诈，没想过真的伤人，现在也是怕了，对视一眼丢下一句狠话赶紧逃了。

毕夏慌乱地去抽屉里翻找医药箱。可越急越乱，她竟然忘记医药箱放在哪里了，四处翻找的时候撞到手肘、磕到膝盖，她急得眼泪横飞："哪里，放哪里去了？"

陆怀箫此刻也是一阵头晕目眩，却没有觉得多疼，他更紧张的是毕夏，毕夏一向淡然，但现在她脸色苍白、嘴唇颤抖、惊慌失措的样子，让他心疼。

"毕夏，我没事，你冷静点！"陆怀箫安慰地说道，竭力想要让她镇定下来。

毕夏终于找到药箱，扑过来拿纱布给陆怀箫包扎止血："对不起，对不起。"毕夏望着他满脸的血，抬手去擦，失声痛哭："以后不要管我了！陆怀箫，我只帮了你一次，真的不用再还了……"

"毕夏！"

"你以后别管我了！陆怀箫，你离我远一点，我总是给你添麻烦……"

陆怀箫看着语无伦次的毕夏，突然之间抬手将她紧紧地揽入怀里，一字一句地说："别怕，我没事！"

毕夏被这个突如其来的拥抱给怔住了，终于慢慢地安静下来。

那些过往历历在目，年少时的初遇，后来的误会，还有之后陆怀箫一路的陪伴。不管她走到哪里，都有一个人在身后默默地等待她，这是她此生最大的福气了。

窗外一轮皎洁的月亮冉冉升起，原来无论夜晚有多漫长和凄寒，那些明亮和温暖，都会如约而至。

裴雨阳将车开到最慢限速，坐在副驾驶的沈冬晴了然于心，侧身对他笑了笑："裴雨阳，你不会哭吧？"

"为你这样狠心的女人，我才不会！"裴雨阳吸吸鼻翼，逞强地说，"该紧张担心的人是你，像我这么一表人才、阳光帅气的人，追求者可多了！你要是回来晚了，可就没你的份了！"

沈冬晴看着他孩子气的样子，抬手拧了拧他的脸："乖乖等着我，还有，要定时去医院复查。"

裴雨阳"哼"一声，嘟囔着："都抛弃我了，还管我的死活呀！"

他其实也想要表现得洒脱一点，可是心里却是万般不舍。以前沈冬晴在北京，他在上海，这样的距离他都觉得遥远，而这次她却是要去非洲，还一去就是两年！这让他情何以堪？起初他真的难以理解她，难道她不想和他在一起吗？他们经历这么多事终于雨过天晴，可在感情最浓的时候，她却要离开他。

一想到这里，他的情绪就像秋天的落叶般，惶惶然下坠。

但她是沈冬晴呀，他除了支持，也只能支持了。这些天他替她打点行李，像个操碎心的老母亲，还带着她四处走走，希望她能记住家乡的风景。他有时候看着沈冬晴，感觉眼泪都快落下来，很想抱着她的腿说别走了。

可离别的日子依然来了。

沈冬晴知道裴雨阳的难过，她的难过并不比他少，只是她早早就学会隐忍，将这离别的惆怅压在心底。

"给我打电话。"裴雨阳絮絮叨叨地说，"也不知道你去的那个地方网络信号如何，哎，沈冬晴你记得要每天都跟我联系，不管你想怎样的办法都要让我知道你很好很平安！"

"我很安全！"沈冬晴暖暖地望着，心里动容不已。

沈冬晴是清晨的航班，他们出发的时候天还黑着，又因为下着雨，一层迷雾包裹在空气中，能见度并不高。

须臾之间，裴雨阳一个紧急刹车，两个人身体都向前倾了下，裴雨阳转身望向沈冬晴，而沈冬晴下意识地朝前看去。

"竟然堵车了！"裴雨阳有些意外，"高速路上堵车那就是前面出了事故。"

沈冬晴看了看时间，离航班起飞还有一个半小时，原本他们预备提前一个小时到机场，现在不知道道路什么时候通畅，时间也变得很赶了。

裴雨阳解开安全带对沈冬晴说："坐着别动，我去前面看看情况。"

沈冬晴点点头。

前方已经立了紧急停车牌，而车祸现场的惨烈让裴雨阳的心骤然一紧。受损最严重的是一辆白色别克，撞到栏杆后整个侧翻在地，后面三辆轿车都有不同程度的追尾，也都横陈在高速路中间。几名伤者逃出，他们坐在路边，有人在打电话，有人在哭喊……现场一片混乱。

裴雨阳一时之间有些蒙。

有人大喊："快过来帮忙，这车里还有人！"

裴雨阳朝受损最严重的白色别克奔过去，该车因是朝着左侧侧翻，司机开不了车门，又因为受伤，整个人已经昏了过去。

"把车翻过来！"组织施救的男人大喊道，"快，大家一起上！"

裴雨阳和另外几个男人冲上去推车，突然间，别克车头蹿出一道火苗，原本一起推车的人顿时吓得往后退，只剩下裴雨阳和另外两个男人不顾危险继续推车。

"车要爆炸了，你们快回来！"马路边有人在喊。

裴雨阳咬牙拼尽全力推车，心里虽然也很怕，但他没有办法见死不救。

当他注意到沈冬晴出现在旁边时，气得冲她直喊："疯了吗？赶紧站远点！"

沈冬晴不理他，铆足劲推车，刚刚散开的男人中有人迟疑着又上前帮忙，这下终于将车翻过来。而这时因为车大力震动，火苗蹿得更大了。

"门打不开！"为首施救的男人气馁地喊。

裴雨阳也是一震，然后转身打开后备厢翻找合适的工具。

那个男人又试着拉了几下车门，眼见着火苗越来越大，这车随时都可能爆炸，他对裴雨阳喊道："你快撤，我来！"

裴雨阳正胡乱翻找的时候，沈冬晴从别的车上找来一根铁棍，裴雨阳接过来，匆匆忙忙地说："快站一边去！"

此时，有个男人拿了个车载灭火器跑来，但他怕危险不敢自己上前，只是把灭火器放到旁边，就赶紧跑开了。

沈冬晴上前拿起灭火器，拔开栓头开始朝车头喷洒，裴雨阳将铁棍交给正施救的男人，自己抢下沈冬晴的灭火器，几乎是咆哮道："沈冬晴，你再不离开这里，我跟你绝交！"

沈冬晴怔了一下，眼泪却不争气地涌了出来。

那些火光映照在裴雨阳的脸上，沉淀出一种悲壮决绝。沈冬晴感到此时此刻无比安宁，那些孤独、无助，那些迷茫、悲伤……都慢慢地收拢起来，这个少年，他已经有了男人的坚毅。即使是遇到天大的危险，她也愿意和他站在一起。

当车窗终于被砸开，司机被救出来后，人群中响起一片欢呼叫好声。

而裴雨阳也终于将火扑灭了。沈冬晴激动万分地冲过去，两个人紧紧地拥抱在一起。

裴雨阳用力地抱着沈冬晴，仿若一松开，她就会消失似的。

这个早晨，原本只是最为普通的一天，太阳从云层后冉冉升起，橙色的光让晨雾渐渐散去，可是在裴雨阳心里，在见过生离死别后，更加不舍得和沈冬晴分开。

这场车祸有四辆车出事故，起因是那辆别克速度太快，转弯时撞上隔离带，后面的三辆车没有来得及刹车连续追尾。当交警来疏通道路后，沈冬晴的那一趟航班也已经起飞了。

在返回的路上，裴雨阳欲言又止。

沈冬晴静静地看着窗外，她的脸浸沐在夏日的阳光里。

"在想什么？"裴雨阳柔声问。

"你说要是他没有救回来，他的家人该多伤心呀！"

"好在他还活着。"

"如果那个时候，有人能救我爸，该多好呀！"沈冬晴垂了垂眼，苦涩一笑，"我有时候想，如果真的有时光机，能够回到从前，那我一定选择在爸爸出事的那个晚上回去！拼命地阻拦他喝酒，或者在他掉进池塘的时候拉住他……"

"我在，沈冬晴，你还有我。"

裴雨阳知道她想起了父母，将车停到路边，握着她的手说："请记得我的承诺，就算命运不偏爱你，就算时光要摧毁你，你还有我裴雨阳，不离不弃！"

"裴雨阳——"沈冬晴哽咽一声，在他怀里笑着流出眼泪。

沈冬晴准备改签机票，但没想到当晚裴雨阳就生病了。他一直嚷着头疼，一站起来就要昏厥，这可急坏了周媛，她赶紧把裴雨阳送去医院。

"要不然还是动手术？"裴向成也是担心不已，对妻子说，"虽然说动了手术也不能完全治愈，但总还是要试试！像这样头疼头晕，万一身边没有人怎么办？"

"我不要手术！"裴雨阳抗议，"手术有后遗症，万一我醒不来了呢？"

"呸呸呸，别说不吉利的话！"周媛着急地打断儿子，"手术的事妈妈也在打听，看国内哪家医院更好，但现在最重要的还是休息！你不能再用电脑了！你也别再想着写剧本……"

"好疼——"裴雨阳不想听母亲唠叨，故意皱着眉大叫，"沈冬晴，你去看看医生来了没？"

"我给罗主任打电话了，他马上就过来。"母亲说。

"我口渴了，想喝可乐。"裴雨阳对沈冬晴说。

沈冬晴立刻回答："我去买！"

等沈冬晴出门，裴雨阳立刻就没事了，他朝外面看了一眼然后把门关上。

"儿子，你这是唱的哪出？"

"是呀，你头到底疼不疼？"

父母看着裴雨阳神神秘秘的样子，奇怪地问。

"妈，我求您件事！"裴雨阳抱着母亲撒娇，"您就让罗医生诊断我病情加重，最好是病入膏肓，反正有多严重……"

"说什么呢？"母亲瞪着他。

"妈妈，我不想让沈冬晴走——"裴雨阳一声哀求，父母当即明白，他们相互望了一眼，一脸无可奈何。

他们都知道儿子对沈冬晴用情至深，其实他们对沈冬晴的选择也很不理解。两个人谈恋爱不应该好好在一起吗？一走就两年，说到底这段感情里，还是儿子爱得深，沈冬晴却是未必了。

"你就这点出息！"周媛有些恨铁不成钢，"你留得住一时，留得住一世吗？我早看出她是有雄心壮志的女孩，而妈妈希望……"

"妈，求您了！"裴雨阳知道母亲要说什么，但他满心都是沈冬晴，又怎么会去喜欢别人？感情这种事无怨无悔，他不管她性格如何，家境怎样，早已认定了她。

"要不你就试试跟罗医生说说？"裴向成看着儿子可怜兮兮的样子，帮腔道，"我想罗医生也会成人之美。"

"我看你们俩就是鬼迷心窍了！"周媛没好气地说，"要是冬晴哪天知道了，她会原谅你吗？"

"她会的！"裴雨阳笃定地说，"我会对她好！"

周媛望着儿子哀求的表情，心里一软，叹口气："我试试吧，但罗医生若不同意我也没有办法。"

"妈！"裴雨阳高兴地一把抱住母亲。

"罗医生来了！"

门突然打开，沈冬晴走进来，裴雨阳一愣，顿时装晕倒在母亲的怀里，周媛心里好笑，无可奈何地拍拍儿子。

"很难受？"沈冬晴紧张地问。

裴雨阳"嗯"一声，顺势靠到沈冬晴的肩膀上撒娇："头好晕呀！"

周媛对罗医生说："刚去拍了个CT，你先看看他的病情有没有恶化。"接着周媛对沈冬晴说："你扶着他去我办公室休息，我来跟罗医生谈谈。"

这位罗医生是周媛所在医院的心脑血管科主任医师，自裴雨阳发病以来，一直是这位罗医生看诊，因此，罗医生对他的情况也颇为了解。

沈冬晴也想听听罗医生怎么说裴雨阳的病情，但裴雨阳虚弱不已，她只能扶着他去周阿姨的办公室。

生病的裴雨阳特别黏人，一直握着她的手，连喝水也要让沈冬晴喂，这让沈冬晴左右为难。她原本准备改签近日的机票赶到北京，与一起去非洲的同事会合后再前往非洲。但是现在裴雨阳病了，她也放心不下他。

等周阿姨回来的时候，沈冬晴腾地站起来，紧张地望着她。

"都跟你说了要多注意，看吧——"周媛把病历本递给沈冬晴，"真是不听话。"

沈冬晴也看不懂罗医生龙飞凤舞的字，但见着周阿姨和裴叔叔紧蹙着眉头也知道裴雨阳的病情不乐观。

"还是要手术吗？"沈冬晴关切地问。

"没有十足的把握我也不敢让雨阳手术，现在只能保守治疗，药物加理疗。"

沈冬晴心里一沉。

"你嫌弃我了？"裴雨阳见她沉默不语，半开玩笑地问，"你还是赶紧走吧，我现在这副病恹恹的样子就不拖累你了。"

裴雨阳知道沈冬晴担心他，在目睹了那场连环追尾后，他已经下定决心要留下沈冬晴。她不在他身边，他不放心！

就算是用手段，用心机，他也要留下她。

沈冬晴为难地看着他。

周媛看着儿子依依不舍的样子，在心里叹口气，他们的儿子是这样一个痴情的人，到底好不好呢？作为母亲，她真的担心儿子会受到伤害。

"冬晴，雨阳现在谁的话都不听，也就只有你能劝得住他……"周媛私下里对沈冬晴说，"阿姨知道你一直很有主见，这样请求你太过唐突，但作为父母也只能厚着脸皮对你说这些。"

"阿姨，"沈冬晴急急道，"您别这样说，我和您的心情一样，也担心雨阳。"

周媛拉住沈冬晴的手："雨阳的病可大可小，就是怕他昏倒在别处，身边没有人……有时候我想着他一个人在上海，我这心里就怕得整晚睡不着。"

沈冬晴垂了垂眼，这么多年一直是裴雨阳为她付出，而此刻在他需要她的时候，她还执意离开是否太过自私？

周媛看出了沈冬晴的犹豫，心里迟疑一下，还是替儿子撒了谎："罗医生说雨阳没有好好休息，颈部的血管壁变得越发窄，已经达到百分之三十，这样很危险了！我们真的希望你能留下来，在他身边督促他少伏案，多锻炼，按时吃药。"

"阿姨，我留下来。"沈冬晴想起了白天的车祸，想起了父母的离世，想起了曾经最好的朋友顾珊……她的生命里失去太多了，现在她要珍惜拥有的，更要珍惜和裴雨阳在一起的时光。

当她回到病房，看到裴雨阳立马变"虚弱"状，内心为他的孩子气好笑又感动。

"哎哟，头好晕……"裴雨阳一见到沈冬晴就开始叫嚷，拉着她的手，半靠在她肩膀上，"你去哪里了，怎么走这么久？"

"明明才一会儿。"

"可是我想你了！"裴雨阳巴巴地说，"一想到你要走两年，我觉得自己都快要疯掉了。"

"那我不走了。"

裴雨阳腾地坐起身，不确定地问："你刚才说什么？"

"只说一遍。"

"你真的留下来？"裴雨阳望着沈冬晴，直到看到后者的笑容，终于相信刚才没有幻听。

沈冬晴看着裴雨阳欣喜若狂的样子，笑着问："现在头还晕吗？"

裴雨阳立刻又倒在她肩上，抱住她的手臂欢喜地说："你这么美，我是被你电晕的，所以你要对我负责哦！"

"肉麻！"沈冬晴撇撇嘴，假意哆嗦了一下。

看着他们俩说笑打趣的样子，周媛无奈地笑了下，对丈夫说："这儿子也就只有沈冬晴才能降得住。"

"看着雨阳这么开心，你就放心吧。"

"放心？当了妈就没有一天放心的日子！"

虽然裴雨阳心里内疚，常常会觉得有块石头压在心里——他怎么能欺骗沈冬晴呢？

可是他真的不想让她走，所以心里再愧疚，也决定守口如瓶。

4

九月，开学好几日后楚君尧才见到米荔。而且之前他有打电话问她什么时候回来，她支吾着也没说清楚。这天楚君尧在去图书馆的路上突然见到米荔，而后者却一点儿惊喜都没有，反而低着头躲闪，连个招呼都不想打。

楚君尧心里一顿，他觉得自从米荔回美国后就变得奇奇怪怪的，她当时跟毕夏一起回国，没几日就接到她母亲的电话让她回趟美国。她订了最早的航班回去，在机场的时候还抱着楚君尧难舍难分，可是短短的日子，她怎么就突然变得冷漠起来了？这一点也不像她的作风。

"回来了？"

楚君尧盯着米荔问，而她先是心虚地垂了垂眼，再故作轻松地仰头冲他笑："楚君尧呀，你好！很久不见了呢！"

"什么时候回来的？"

米荔想转移话题："我有课，先走了！"

她刚走一步，手臂就被楚君尧拉住，他几乎是用蛮力把她圈在自己怀里，柔声问："回来为什么不让我去接？"

他总是会想起她来，想起她笑的样子、哭的样子、撒娇或者发脾气时的样子……米荔真是一个鲜活生动的女孩，一言一行都不矫揉造作，既可爱又简单。有时候他会忍不住拿米荔和毕夏、沈冬晴比较，毕夏太独立，沈冬晴太内敛，她们都让他有一种无形的压力，而只有和米荔在一起的时候，最为轻松。

"君尧……"米荔哽咽一声，生生把眼泪压了下去。其实她何尝不想念他，她也想像这样扑在他怀里，听着他的心跳，感受他的温暖。

可是——

起初米荔接到母亲的电话，还没有将事情想得太严重。母亲只是在电话里哭，说自己从来没有这样失败过，现在一切都完了。她还当母亲是又失恋了，所以匆忙地回去想要陪陪她。她母亲独立傲娇，和她父亲离婚后独自抚养米荔，并坚持打拼事业，一分抚养费都没有找她生父要过。而且她从不会说她父亲的坏话，总是告诉米荔，他是好人，他们不在一起只是因为不想束缚对方，而因为有了米荔，所以他们一生都是亲人。

因为母亲豁达开明的教育，米荔从来没有觉得自己和别的孩子有什么不同。她健康快乐地成长，对爱情依然有着美好的憧憬。

可这一次回去见到母亲让她大吃一惊，一向注重仪表的她住在最便宜的酒店，脸部浮肿，穿着邋遢，神情更是凄惶无助，与以前的她判若两人。

米荔惊呆了，在母亲的哭诉中她才知道母亲被骗了。她在一次商务会议上遇到了一个男人，这个叫Edward的美国人身材高大，长相英俊，表现得体贴入微。后来他们一起去拉斯维加斯旅行，在他的劝说下他们一起去了赌场，没想到输得很惨，鬼迷心窍的她借了很多钱想翻本，却还是输得一塌糊涂。等房子被债主收走后，Edward就消失了，米荔母亲这才知道遇到了骗子，被人设下圈套骗走一辈子辛苦挣来的积蓄……钱财和感情的双重打击让她整个人都垮掉了。那以后，她就日日待在酒店，借酒浇愁。

米荔很心疼母亲，她给母亲租了一间公寓，虽然比起之前的家要小很多，但至少比住酒店要好。母亲情绪低落，不管米荔如何宽慰都难以释怀，常常一个人就痛哭起来，也不愿意出门。有一日更是喝过酒后又服用安眠药差点出事，幸好米荔发现异常及时将母亲送到医院才抢救过来。

在病房外，米荔抱着手臂默默流泪。

母亲一向坚强，却还是被打败，而她却不知如何让母亲振作起来。

母亲的事，米荔有跟楚君尧提过，但也只是说母亲情绪低落，需要人陪。却没有说出全部的实情，她怕楚君尧担心。

开学后母亲让她返回北京继续完成学业。米荔只能将母亲托付给她的朋友，自己回来了。可是每一天她的心都是悬着的，有时候夜里梦见母亲出事，她哭喊着醒来，后背已是冷汗涔涔。

米荔想过接母亲回国，可她不愿意。她在美国生活十几年，已经完全适应那边的生活，另外，她觉得现在过得灰头土脸，也不想被国内的亲朋好友知道。

米荔只好决定毕业以后回美国照顾母亲，她不能看着母亲孤苦无依，也不能只顾自己的幸福。她之前含糊地问过楚君尧毕业以后的打算，他说大约就留在北京发展了。她也问他会不会出国，他说当然不会，他是独子，何况母亲身体不好，他不能离父母太远。她知道楚君尧是不会随她去美国的，她怕再相处下去，两个人感情越发深厚，离别会更加痛苦，索性长痛不如短痛，就这样疏远楚君尧。

可是面对深情款款的楚君尧，她的心里百转千回，苦不堪言。

楚君尧哪里知道米荔的经历，见到她回来很是欢喜："上完课我来接你，一起去吃饭吧。"

"我晚上还有自习。"

"那就在食堂碰面。"

"恐怕时间来不及。"

"总是要吃饭的，米荔，你怎么回事？"

米荔推开他，艰涩地一笑："刚回学校，有几篇论文要写……"

楚君尧扶住她的肩膀，正色道："米荔，你是不是有事瞒着我？有什么事都告诉我，我替你分担！但是能不能别这样生疏？"

米荔的眼泪都快流出来了，她何尝不想把一切和盘托出，何尝不想痛哭一场？可是她不愿意楚君尧为难，即使他同意去美国，她也会内疚自责。她不想因为自己改变他的任何决定。

米荔隐忍住情绪，淡淡地笑了笑："真的没事，就是很忙，先走了。"

米荔推开他的手，转身离开。此刻眼泪再也忍不住，扑簌而下。她知道她和楚君尧没有未来了，当初她为了他，天涯海角也愿意追逐而去，但现在只能让自己远离他。

楚君尧对于米荔的疏远很是郁闷，后来几日他给她打电话都无法联系，去她宿舍她也躲着不见。楚君尧跟好友何遇抱怨，何遇说："她这个样子确实反常，但一定不会是因为有了二心，谁都知道那丫头喜欢你喜欢得紧，估计是心里又有什么绕七绕八的念头吧，不过女人的心思你也别猜了，等过些日子她又活蹦乱跳地来缠着你了。"

听了何遇的话，楚君尧也就渐渐放下心，他相信米荔对他的感情，也许过些日子她会告诉他发生了什么。

楚君尧现在和何遇租住在学校附近的公寓，楚君尧一边准备研究生考试一边帮导师做项目，他自己接了兼职工作，平时也很忙。何遇一直想跟楚君尧一起创业，但楚君尧觉得还不是时机，所以他先到一家外企上班，磨炼自己和吸取经验。

有时候何遇也会问起毕夏的境况，知道她的身边有另外一个男人陆怀箫，心里失落却也觉得欢喜，毕夏是女神一般的存在，他自知自己半点希望都没有，所以有另外的人对她好，让她不再孤军奋战，也让他安心。而且楚君尧对陆怀箫的评价很好，那样一个睿智成熟的人，又和毕夏有多年的感情基础，一定会待她很好。

在感情上，何遇一向有自知之明。

第二章

余生我都想和你在一起

陆怀箫早上才回家。他知道自己的样子一定会吓到父母，所以开门后，蹑手蹑脚地朝房间走去。

昨天晚上毕夏送他去医院做了包扎，头上一道口子缝了七针，周围头发都剃掉了，他对着镜子里的自己苦笑："干脆理个光头算了。"然后转身问毕夏："很丑吧？"

毕夏心里失笑，她没想到陆怀箫也会在意自己的外貌，再细细看他，眉眼已经不再是少年的俊逸，而有了男人的刚毅之感。

"不丑。"毕夏抬手轻抚他的纱布，"还疼吗？"

"你很关心我？"陆怀箫灼热的目光望着她，心里生出大片的期许，毕夏，你也会紧张我，担心我？是不是在你心里也有我的一席之地了？

"怀箫……"

毕夏刚想回答，已经被一个大大咧咧的声音给打断："毕夏，我来了！"

是黎允儿。她也是联系不上毕夏，想也没想就打电话给陆怀箫，得知他们受伤来了医院，顿时一惊，还以为是付文博又来找毕夏麻烦。两年前他差点伤到毕夏，幸好陆怀箫及时出现，后来他因为故意伤人罪被判三年，算着他也快出来了，黎允儿担心他会因为当日之事怀恨在心，又来找毕夏的麻烦。

见到毕夏，黎允儿拉着她的手上下打量，确定她没有事才松了一口气："你没事就好。"

再一抬头，她看到站在一旁的陆怀箫，头上包了纱布，又是一惊："你又救了毕夏一次？"

"因为电话联系不上，所以我去找她。"

黎允儿把毕夏往陆怀箫身边推了推："你们两个真让人着急，明明心里都有对方，为什么还不赶紧在一起？"

"允儿！"毕夏满脸通红，娇羞不已。

陆怀箫心里有几分迟疑，他怕毕夏是因为感动才接受自己，所以他没有接黎允儿的话，只是对毕夏说："还是报警吧，就怕余三还会纠缠你。"

"余三是谁？"

黎允儿听完毕夏的解释，气愤难平："一个员工流产都能赖上你，他们看你是好欺负吧？毕夏，你别怕，有我和陆怀箫呢！走，这就去报警，他损坏你公司财物，还将你手机扔进水杯，我们得找他要赔偿。"

毕夏也同意报警，她觉得陆怀箫说得对，对利欲熏心的人就不能心慈手软，她要当机立断。

他们去警察局录完口供已经到半夜了，而此时他们都还没有吃晚饭，黎允儿提议去吃夜宵。可是陆怀箫衣服上血迹斑斑，有点吓人，幸好毕夏的车里有她设计的样衣，一件男款衬衫，陆怀箫穿上刚刚好。毕夏伸出手给他整理衣领时，一抬头正好触到他深情的目光，他们的鼻息纠缠在一起，内心激荡，莫名的情感在涌动。

陆怀箫情不自禁地低下头，毕夏心里不禁一阵紧张，慢慢地闭上了眼睛。

突然，黎允儿"哎哟"一声，让毕夏不由紧张地回过头去，陆怀箫心里一阵失望，顺着毕夏的目光看过去。黎允儿刚从超市出来，不小心踩空台阶，手里的几瓶饮料就顺着楼梯滚了下去。

毕夏赶紧过去看她有没有崴脚，陆怀箫则替她捡起了饮料。

毕夏想起刚才的一幕满脸通红，低着头不敢看黎允儿，而陆怀箫也是局促地拿着饮料不知要不要递给毕夏。

黎允儿看了陆怀箫一眼："你们怎么都不说话？气氛好诡异。"

"都在关心你呀！"毕夏转移话题，"你想吃什么？"

之前毕夏担心黎允儿和姚元浩分手会消沉很久，但她除了几次深夜给她打电话东拉西扯外，没有再提过姚元浩。

也许，在经历了那么多分分合合后，黎允儿的内心已经变得强大起来，她再也不是那个高三出国时哭得一塌糊涂，像天塌下来的女孩了。

她收敛了自己的情感，不再肆意妄为，也能够慢慢接受现实。

黎允儿偏着头想了下："鱼丸，汤逊湖边有一家鱼丸很不错，不过这个点应该已经关门了。"

"去看看吧。"毕夏说，"路上也许还有别家营业的餐厅。"

毕夏突然不想在这个时刻和陆怀箫分开，在经历了那么凶险的事后，她对陆怀箫又多了几分依赖。这个为救她能以命相搏的男人值得她托付终身，她不想再迟疑，也不要再错过了。

她很想现在就告诉他，陆怀箫，我的余生都想跟你在一起。

陆怀箫同样有满腹的话想要告诉毕夏，有一种巨大的狂喜和激动在内心颤抖，他从未像现在这样幸福，因为毕夏离他如此近。那些长久以来压在心里的念头已经抑制不住了，毕夏，这是他的毕夏，他魂牵梦绕的毕夏呀！

有风起的声音，犹如波涛一样，在夜幕下回荡，令人心旷神怡。

当陆怀箫回到家时，他的唇边依然带着微笑，满脑子想的都是毕夏。

她已经不是七年前那个目光略带锋利、神情淡然的女孩了，她穿着长及脚踝的喇叭裙、白色衬衫，留一头披肩长发，温婉秀丽，既有职业女性的干练，也有女人的娇柔之美。

"儿子，你的头怎么了？"从里屋推门而出的母亲一见到陆怀箫头上的纱布就急了，"跟人打架了？"

陆怀箫赶紧解释："妈，不是，是不小心撞到的。"

"要不要紧，缝针了？流了很多血？"母亲关切不已。

陆怀箫拍拍母亲的肩："不要紧，妈，我真的没事。"

母亲叹口气："妈妈知道这些年委屈你了，你在外面不管怎么苦也不会告诉我们。当初差点让你辍学，现在虽然上了大学但也为了我们留在家里，以后我跟你爸老了，你哥还得交给你照顾。"

陆怀箫望着母亲，由衷地说："妈，您放心，我会照顾好哥哥的！"

"唉，有这样的负担谁家女孩会愿意呀！"母亲忧愁地说，"以后你也得有自己的家，若是只顾着你哥，恐怕也是争吵不断。"

"不会。"陆怀箫想到毕夏，她那么善良，一定容得下哥哥。

"等我跟你爸没法照顾你哥了，就找个疗养院把他送去吧。"

"那怎么行？我会让哥哥跟我住一起。"

"好，住一起。"母亲露出微笑，心里却难过，长长地叹口气道，"这个家拖累你了！"

"我去做早餐。"陆怀箫故作轻松地笑，"妈，您再去休息一会儿。"

"那我去早市转转，买点新鲜的菜，最近麻辣烫生意还不错……"正说着母亲的膝盖突然一软，差点摔倒，幸好陆怀箫及时扶住了母亲。

"妈，您怎么了？"陆怀箫心里骤然一紧，赶紧让母亲坐到椅子上。之前母亲也会这样，突然脚一软跟跄一步，有时候上台阶腿都抬不起来。他一直让母亲去医院看看，但母亲总说是老毛病，擦点药酒就好了。

"这几天腿好像越发使不上劲。"母亲捶捶自己的腿，自责地说，"真是老了，不中用了，毛病越来越多。"

"去医院看看吧。"

"没事，休息一下就好。"母亲连忙摆手，"好啦，你工作那么忙就别总惦记着我们。"

虽然母亲说得轻描淡写，但陆怀箫还是不放心，坚持要送母亲去医院检查。没想到检查的结果比预期的还要严重。医生告诉他，他母亲得的是重症肌无力，这是一种由神经到肌肉接头处传递功能障碍所引起的自身免疫性疾病。

陆怀箫自责不已，难怪母亲最近总是觉得很累，走路时脚突然软弱无力。

医生告诉他，这种病会引起肌纤维凝固、坏死、肿胀、萎缩，再发展下去有可能会瘫痪。

陆怀箫拿着病历本坐在医院的走廊里，感觉整个人都被掏空了。母亲一生艰难，现在又要被病痛折磨，为什么老天总要给人雪上加霜呢？他抬头望向窗外的光，却觉得世界慢慢地暗淡下去。他听到自己内心的质问，你真的决定要让毕夏背负你沉重的生活吗？

现在的他，要打起精神来，照顾家里的两个病人，也不能让父亲太操劳了，若是他再病了，这个家可如何是好？

昨晚的那些欢喜、那些激动、那些心悸，还有对未来幸福的憧憬，在这一刻像潮水一样慢慢地退去了。他多想自己能够自私一点，可是他爱毕夏呀，她一心要实现自己的诺言，将"衣雅"重新建立起来，她要成为成功的女性，而不是为家庭所累。

当母亲看到陆怀箫的时候，他已经收拾好自己的情绪，将痛苦深藏起来，故作轻松地说："妈，回家吧。"

因为生病，母亲不能再做体力活，父亲一个人又忙不过来，所以麻辣烫的生意只能暂停了。一家四口全靠陆怀箫的薪金维持生计，所幸陆怀箫在公司很受器重，现在已经任职部门经理。

升职后，陆怀箫在公司更受欢迎，他成熟稳重、英气逼人、业务能力也强，女同事们明里暗里地表示好感，但也都听闻陆怀箫已经有女友。而且有人看过他手机里女友的照片，那女孩清丽可人，气质超凡，跟陆怀箫真是非常般配的一对。

其实陆怀箫就是不想引起不必要的麻烦，所以才故意将毕夏的照片让旁人看到。

除了毕夏，他无心于感情，只想能够照顾好父母和哥哥。

母亲病了以后，他再见毕夏时就将满心的感情收拢起来，他越发沉默，望着她的时候心里满满的都是痛楚。很多个夜晚，思念煎熬着他，令他几乎落下泪来。

爱而不得，原来是这样忧伤的一件事。

好多次，陆怀箫看着身边的毕夏，那么近，似乎抬手就能将她揽入怀中，可是手在空中却停住了，他内心不断挣扎，最后还是收了回来。

他不能再前进一步了，就这样守着她，让她心无旁骛地走向成功，是他唯一能为她做的。

2

黎允儿在毕夏的设计间翻找衣服，她拿出一件在身上比画一下，不满意又重新换一件："这件太烦琐了，这件颜色不适合我，这件还不错，可码子怎么这么小？"

毕夏一边画设计图，一边打趣她："你只是去吃饭，又不是相亲，这样紧张的样子我会误会你对高总有意思。"

"高志翔不是我的菜。"黎允儿停顿一下说，"这么无趣的人，跟他一起我会闷死。"

"那你为什么这么在意？"

"我是给他面子，毕竟他帮过我。"黎允儿找到一件黑色礼服，想了想又放了回去。她决定还是随意穿好了，太隆重的话万一高志翔也以为她对他有意呢？他只不过是让她假扮他女朋友，去参加他母亲的生日会。她只要像之前那几次表现得大气自然就好了。她帮他，是因为他也帮过她。不过高志翔到底是生意人，投资她的项目也是觉得有利可图，说到底，他们也只是合作关系，她不能这样胡思乱想。

见她愣在那里，毕夏心里微微一动，试探地问："你和姚元浩……"

"别提他！"黎允儿没好气地说，"这个家伙已经被我从心里拉黑了。"

"其实你们之间并没有大的矛盾……"

"以前喜欢一个人凭感觉，但现在才发现，合适才是最重要的！"黎允儿抱着衣服坐到毕夏身边，"我跟他不合适吧！他无法理解我，更不能支持我。"

毕夏笑了："对感情真的不能要求太多，他对你好，不就够了？"

黎允儿反问她："那陆怀箫呢？他对你一直很好，可你们怎么现在还不在一起？我看着你们这样真是急死了！"

毕夏一怔："也许他所做的一切都只是感激当初父亲让他能继续学业。"

"这个陆怀箫，心思七弯八绕，谁也猜不透他在想什么。"黎允儿撇撇嘴，"明明只差一步了，却又退了几步，我看着他都累。"

黎允儿还是像往常那样打扮，蓝色喇叭裤，米色真丝衬衣，衣角随意系在腰际，更显得身材高挑了。她属于骨骼比较大且手长脚长的女孩，所以裙装倒是不适合她。有时候她也羡慕毕夏纤细的身材，嚷嚷着要减肥，可坚持半天就不行了，对她来说，最不能委屈的就是吃。

黎允儿今天去参加高志翔母亲的生日宴，因为午餐吃得少，等到了晚上已经饿了，但他母亲还没有到餐厅，所以黎允儿看着一桌的美食，眼睛都直了。

她吞咽了下口水，摸摸自己的肚子。

高志翔正和姑姑说话，一转头看到黎允儿的样子，觉得可爱极了。

"你笑什么？"姑姑问，再顺着他的目光看过去，打趣道，"你这个女朋友倒是出乎我的意料。"

"姑姑，你这是什么意思？"

"按你平日的眼光应该找的是端庄舒雅、貌美精致的女孩，可我看这黎允儿，太豪爽了，像个男孩。"

"这不是很可爱？"

"就怕你只是一时兴起，这个年纪了也该认真交往个对象，谈婚论嫁了。"

高志翔赔着笑，转移话题。他最烦这种家庭聚会了，刚离婚那阵就被大家催着赶紧再交女朋友，现在带了女朋友来，又被大家催着结婚。一会儿母亲来了，奶奶来了，更是轮番追问。虽然最初黎允儿并不让他们满意，但接触几次也觉得她性格极好，直率坦诚，一点儿不做作。也因为这样他们就开始催婚了。

想想黎允儿才多大，二十二岁而已，她肯定没有心理准备与他谈婚论嫁，说出来定然会吓到她。这样想的时候高志翔又笑了，自己这是怎么了，黎允儿只是假扮他女朋友，他怎么会想到结婚的事？

高志翔走到她身边，盛了一碗燕窝给她："先吃点。"

"我们家志翔真是体贴！"旁人个个赞道。黎允儿一脸窘迫，对上高志翔娇宠的目光，心下竟然慌乱起来。

"若是不好意思先吃，那我喂你了！"说着高志翔把碗端起来。

"别，我自己来！"黎允儿赶紧接过来，心里想，这高志翔倒是很有眼力，知道她饿了。

因为他的这个举动，黎允儿更加卖力地扮演他的女朋友，在宴席上把他的一众亲戚哄得开开心心，也令高志翔欢喜不已。

等送她回去的时候，高志翔一边开车一边随意地问："想不想转正？"

"什么？"黎允儿听明白了，只是故意装傻。

"表白这种事我不擅长。"

"那你怎么追到你前妻的？"

高志翔眉头一紧，不悦道："能不能别提她？"

"曾经跟你生活过的女人，现在恨不得把她抹杀，"黎允儿讥诮道，"高总果然杀伐决断……"

高志翔突然恼了，将车停到一边，转身正视黎允儿："别跟我来这套声东击西，我要你认真回答我！"

黎允儿看着声色俱厉的高志翔，突然"扑哧"笑出声："高总，你这画风转得太快了！"

"回答！"

"那你先回答我一个问题。"

高志翔给她一个悉听尊便的表情。

"如果我不答应，你会收回对我们公司的天使投资吗？"

高志翔真是被她打败了，但也知道她要说什么，心里一阵失望。

"我不是将工作和感情混淆的人。"

"那就好！"黎允儿掰开他的手，"霸道总裁已经过时了，高总，我承认我欣赏你、信赖你，甚至也有一点喜欢你，但这跟谈恋爱是两码事。"

"这就是拒绝了？"

"我认为我已经表达清楚了。"

"黎允儿——"高志翔真是哭笑不得，他以为黎允儿听到他的"要求"会欢喜地扑上来，毕竟她的公司需要发展，还需要他这棵"大树"。但她连迂回婉拒都不会，直接让他死心。

"你不会强迫我吧？"黎允儿小心翼翼地问。

高志翔气极，抬手在她头上敲打一下："你觉得我是这种人吗？不过你就不能现实点，看看和我在一起，会带给你多少好处？"

"为了达到目的就用感情交换，我不认为我真的答应你，你会看不出真相；也不认为你就会真心对我好，你肯定会防着我，会揣测和猜疑，到最后我们也只会不欢而散。"

"不试试怎么知道结局？"

"可我不爱你呀！"

"送你回家！"高志翔已经不想再跟她说话，会被气死。

何遇看着在厨房忙碌的楚君尧，啧啧不已："爱情的力量真伟大！"

"别说风凉话了！"楚君尧一边切着小葱，一边看着手机上的煲汤步骤，"《狐魂传说》的代码我已经编好了，一会儿你看看有没有什么补充的。"

"这款游戏不如就卖给我家公司吧？"何遇问，"我觉得挺好。"

"那你拿去用好了！"

何遇感动地从身后抱住他："楚君尧，我上辈子是拯救了银河系才有你这样的好友！"

楚君尧嫌弃地用手肘推开他："我做饭呢，别捣乱！"

他最近和米荔的关系陷入僵局，她变得不再黏人，从来不会主动给他打电话，好不容易碰面她也是冷冷的样子，楚君尧完全搞不懂她在想什么。

何遇给他出主意，也许是当初她追他追得太累，所以现在也想要让他尝尝被冷落的滋味。而他只要做点令她感动的事就好了。

楚君尧想着米荔最近憔悴的样子，决定亲自煲排骨汤给她。他将排骨用大火煮沸，去掉浮沫，再加葱姜枸杞用小火炖四个小时，中途再加山药。

楚君尧在家时母亲没有让他进过厨房，但在米兰的时候他第一次做饭味道就极好，也许他就是那种只要愿意就能够做得很好的男生，聪明又能干。

楚君尧一边守着汤，一边用电脑工作，他抬头的时候看到何遇也专注地对着电脑，心里涌起一些复杂的情绪，幽幽地叹口气。

他没有想到何遇对毕夏会这样用心。有天他无意间用何遇的电脑，竟然在他的网页收藏夹里看到一个网址，那个网址是一家付费的世界各地的公共摄像头直播平台。他开通的那个地方是他们的家乡，而那个摄像头，对着的是毕夏回家的那条马路。

他设定了录像模式，当楚君尧打开的时候，看到毕夏穿过十字路口的那一分钟的视频。

楚君尧被震惊了，他能想到何遇坐在这里，默默目送毕夏穿过路口的心情。有些人你看着他没心没肺，有些人你觉得他快乐明朗，但他却藏着最深的心思。

楚君尧提着保温桶到学校时，米荔不在宿舍，他只能给她发微信，说在楼下等她。

初秋的午后，晴空万里，阳光璀璨逼人。楚君尧抬头看那些落在槐树叶子上的光，亮闪闪的，令人心情愉悦。

可是他等了很久米荔都没有来，他的心情在一点点往下沉，这种感觉让他难受。

也许人和事都变化无常，总在不经意间背离原本的轨道……也许他就不该和米荔成为恋人，他们若还是朋友的关系，就不会失去最初的美好，也不会像现在这样因为猜不透米荔的心而烦躁郁闷。

恋人这种关系其实好可怕，不是永远就是永别。

他的心好累。

其实米荔就在宿舍里，她从窗口看到站在楼下的楚君尧，恨不得立刻奔下去。可是她告诫自己，在离开前要慢慢疏远和他的关系，要把分离的痛苦降到最低。

可是看着骄傲的楚君尧，为她这么卑微，她的心都要碎了。

她把眼泪擦干，最终还是忍不住下了楼。

"尝尝，我煲的汤。"楚君尧一见米荔，欣喜地迎上去，"午餐时间都过了，那就当下午茶吧。"

米荔打开保温桶，感动得又要落下泪来，她吸了吸鼻翼："别浪费时间了，你要考研，要写论文，还要做兼职……"

"那些事来日方长。"

"来日方长——"米荔咀嚼这四个字，苦涩一笑，"六月很快就到了。"

"六月？"楚君尧怔了一下，"也是，还有半年你就毕业了。"

"君尧，北京好吗？"

"北京自然是好的，但你若不喜欢，别的城市我也可以陪你去。"

米荔垂下眼，手紧紧抱住保温桶，用力才能让自己硬着心肠——她曾想要的不就是楚君尧对她真心相对吗？现在终于心无芥蒂，可是她只能压抑自己汹涌的情感。

楚君尧拿过勺子，喂了她一口汤，满脸期许地问："好喝吗？"

米荔却演得更加淡漠："还行吧。"

楚君尧抬手理理她的头发："我总觉得你最近怪怪的，根本不像你了。是不是遇到什么事了？米荔，我做得不对你可以告诉我，但不要用这样的冷漠惩罚我。"

米荔再也控制不住自己，一把抱住楚君尧："对不起——"

"到底怎么了？"

"我只是……只是因为毕业论文的事，心烦。"

"就这样？"

"就这样。"

楚君尧笑了："傻姑娘，你还有我呢！别忘记你男朋友是学霸，什么都能搞定。"

米荔在心里叹了口气，这一刻，她实在抵挡不住楚君尧的温柔，就让她自私一回，留下美好的回忆吧。

4

在老家的时候，前同事肖嘉言打过很多次电话给沈冬晴，希望她能回杂志社上班，但她辞职的时候就心意已定，绝不会再回去。她不适合钩心斗角的职场，更不属于为了一份工作，或者一个男人，卷入那样的纠纷。有一天，她刚接过肖嘉言的电话后，随即就接到了邵伶伶的电话，她在电话那边斥责沈冬晴跟她男朋友来往，说了很多难听的话，沈冬晴却觉得心里平静极了，以前她在意邵伶伶这个朋友，现在她已经从心里摒弃她了。她不再是那个软弱的、把所有锋芒都收起来小心谨慎生活的女孩——这一路的成长早已让她变得更加强大，不需要再仰仗任何人。

她没有等邵伶伶说完就挂了电话，随后她把肖嘉言和邵伶伶的联系方式都拉黑了。

她不明白邵伶伶为什么会这么恨她，她已经拥有了那么多，为什么还会觉得愤愤不平呢？而她，已经在命运面前荣辱不惊了，想要拥有的只是一份平静。

为了有更好的工作机会，裴雨阳决定回上海工作。

沈冬晴也劝说过裴雨阳留在家里："周阿姨会担心你。"

"有你在，他们就放心了。"

"可是我怕——"

"难道你还想抛弃我？"裴雨阳从身后抱住沈冬晴，头靠在她的肩膀上，柔声说，"反正我是不会跟你分开的。"

"我是说怕照顾不了你。"

"只要你在我身边就好了，再说了也应该是我照顾你……你想回北京吗？"

"上海吧。"沈冬晴说，"离家近一些。"沈冬晴提到"家"的时候，内心一阵酸楚，那个海边的小村庄是她出生的地方，如今再回去，父母却已不在，那里还算是她的家吗？乌石塘村的一切都已经恍如隔世。

裴雨阳感觉到她的低落，将她抱得更紧："有我的地方，就是你的家！沈冬晴，我裴雨阳一辈子都不会辜负你！"

"一辈子！"沈冬晴喃喃道，"好漫长呀——"

"对我来说，一辈子好短！"裴雨阳继续说，"冬晴，我爱你！"

恋人之间的甜言蜜语总是怎样说都不觉得腻歪，而裴雨阳也知道沈冬晴是一个没有安全感、自尊心又强的女孩，他就要用一连串的"我爱你"让她在他的爱情里放下心，她可以肆意，可以任性，可以发脾气和胡闹，以前的那些压抑的日子都过去了，他对她的好是永远不会改变的。

沈冬晴最终答应跟裴雨阳一起去上海，租了个两室一厅的房子。裴雨阳说，虽然他们住一起，但一人一间卧室，他会尊重她的。

裴雨阳和她手牵手去看房，他总是问："冬晴，你觉得呢？"惹得带他们去看房的中介姑娘直笑，说从来没有见过这么贴心的男朋友。

裴雨阳事事都以沈冬晴为先，她觉得幸福，却又觉得不安。那种患得患失的心情令她在开心的时候也在克制。

他们租的房子有很大的落地窗，阳光满满当当地洒进来，很是舒适。裴雨阳还准备了一个懒人靠椅，两个人躺在靠椅上，一边看书一边喝咖啡，一派岁月静好。

沈冬晴发现裴雨阳是一个很看重生活品位的人，即使是喝杯咖啡也要用最好的咖啡豆自己研磨而成，有时候他期许地问她："好喝吗？"她只能无奈地笑笑："还行。"

其实她不怎么喜欢喝咖啡，也觉得吃什么都无所谓，但裴雨阳总是挑贵的，而且每天一大早就会起来去准备沈冬晴的早餐、午餐，怕她将就了吃。

沈冬晴无语："我可以去楼下买豆浆油条。"

"不知道那些油反复用会有致癌物吗？"

"我中午可以点外卖！"

"外卖？那些原材料不知道新不新鲜，怕吃了不健康！"

"那我自己炒菜！"

"你这么忙，到了中午说不定就忘记了。"

沈冬晴笑："别忘了，以前住你家的时候，可都是我做饭给你……"

"真是记仇！"

"雨阳，你上班那么累，真的不用再费力照顾我！"

"对我来说，照顾你才是最重要的！"

沈冬晴知道裴雨阳孩子气，但生活在一起才知道他有多黏人，而且他们的消费观有着很大差异。

曾经的她，要靠在学校卖方便面赚点零花钱，课余时间和假期要不停地打工赚学费、生活费，还要借钱来还父母的债务……她希望裴雨阳能够了解生活疾苦，能够更节省一些。但他呢？却总是给她买这样那样的礼物，带她去各种餐厅吃饭，大手大脚地花钱……她要替他分担房租，支付一些费用，他又坚决不同意。

为了这种事，两个人倒是有了争执。

沈冬晴看着裴雨阳买回来昂贵又不实用的东西，总是忍不住要说他几句，后来他便开始谎报价格了，就连买个苹果，进口也说成国产，令她哭笑不得。她知道很多时候裴雨阳在迁就自己，见她脸色一变立刻就会来哄，那个曾经蛮横霸道的裴雨阳真的为她改变了好多。

有时候看着裴雨阳小心翼翼的样子，她会在心里叹气，相爱容易相处难原来是这样。

裴雨阳上班后，沈冬晴会带着相机出去拍照，那个时候她的内心变得很迷茫。

和裴雨阳在一起的每一天都甜蜜幸福，但她发现自己越来越失去自我了，她甚至不知道自己能做什么，能为裴雨阳做什么……但是她说不出离开的话。他的身体状况令人担忧，他总是不好好吃药，总是要她提醒。他也不会按时睡觉，晚上会在电脑前伏案工作……

沈冬晴内心矛盾不已，却不知如何来解决她和裴雨阳之间的问题。

第三章

原来，人心如此凉薄

黎允儿还没到公司就接到下属的电话："黎总，出事了，你快来公司！"

黎允儿一顿，下意识里竟然想到了富恒公司，难道是他们又给自己使绊子？因为新项目的推广，她已经快忘记富恒公司和欧洋了。但是猛地一听出事，又想起了欧洋的母亲，那个害得她家公司快要破产的女人难道还要纠缠不休？

在黎允儿匆忙赶往公司的路上，才在电话里大概了解了事情的经过。原来他们推广的太阳能节约用电项目，工人在泸水村安装的时候出现了事故，有个工人不慎滚下悬崖，昨天晚上不治身亡。今天一大早，他的家人就来公司闹事了，在公司楼下拉横幅，摆花圈，哭天抢地，影响了整个公司的正常运行。

黎允儿没想到事情会这么严重，在安装时她有找专业老师给员工培训过，以确保安全。可是怎么会出现这样的意外呢？而且这个项目是有公益性质的，又正在推广之初，一旦有负面消息会令整个项目受到影响，那前期的投入将化为泡影。

黎允儿的心情越来越沉重，她开车到公司门口时，果然看到十多个披麻戴孝的人在那里哭闹，好在保安把大门关了将他们拦在外面。

黎允儿刚下车，就有人喊："在那儿呢，她就是这个公司的负责人！"

瞬间十几个人将黎允儿团团围住，又是哭又是喊，黎允儿哪里见过这样的阵势？一时之间也是手足无措，只能说："请大家冷静一点，我先了解一下情况，一定会给你们一个交代！"

"我的儿呀，你死得好冤呀！"一个六十来岁的婆婆满脸泪水哭倒在地，拍着膝盖大喊，"以后我可怎么活呀？"

黎允儿已经了解过了，出事的员工姜磊今年三十三岁，有两个孩子，父母年迈，家境确实令人同情。

"你们赶紧走，我已经报警了！"副总许铬看到黎允儿被围困，上前解围，没想到一听到他说报警了，顿时点燃了家属们的情绪，他们开始推搡黎允儿，甚至有人推开保安，往写字楼里冲去。

事态一发不可收拾，黎允儿感觉头都要炸了，只能一直解释，但她的声音早已经被淹没。

等警察将现场控制住以后，黎允儿才发现自己手背血紫一片，钻心地疼。这是因为刚才被推倒的时候她的手被谁踩了一脚，而身上也被打了几拳，那一刻她的头脑一片空白，整个人是蒙的。

警察得知黎允儿是公司负责人也是一惊，她不过二十岁出头，竟然是这家公司的总经理。她应该是吓坏了，神情恍惚，泪流满面，整个人狼狈不堪。

警察冲着闹事的人厉声说："有什么事不能好好说？你们这是寻衅滋事，已经触犯法律了！"

"我们一家老小现在要怎么活呀？"

"事情已经出了，该怎么解决怎么解决！"警察缓缓语气，"别人公司也要正常运转，你们这样是违法的！"

正闹得厉害的时候，有人拨打了新闻热线把记者也找来了。记者对着黎允儿啪啪啪地拍着照片，一连串地问："这个节能项目听说才开展，请问一下有通过安全检测吗？""您是否之前就知道会存在安全隐患？""这个项目虽说是节能，但实用性和可操作性是否有支撑点？""出了这样的事故，贵公司要如何善后？""目前这个项目还要继续推广吗？"

……

记者连珠炮似的提问，让黎允儿都蒙了，她像个木头人似的被围在中间，大脑一片空白。

她没有想过会这样——可现在是一条人命呀！

助理将黎允儿带出重围，直到此刻，她才发现自己控制不住地颤抖。当初她被欧洋陷害的时候都没有这么怕，可现在，关乎着人命，也关乎着公司的前景。她太清楚连锁反应了，也许宜信投资会撤出天使投资，那公司的资金链将断裂，后果不堪设想。即使宜信投资继续支持，但这个事故将如何处理？媒体已经介入，只要报道出来，后期的推广该如何进行？原本就已经很艰难的推广，将会更加举步维艰。

一想到这些，黎允儿就感觉太阳穴的位置绵延着钝钝的痛感。

无奈之下，她拿起手机，哆嗦着给父亲打电话，还没出声就哭起来："爸——"

此时此刻她才知道自己有多无能呀！面对这样的事根本就不知如何应对，之前还自诩已久经商场，练出遇事沉重冷静的心态，可到底还是要找父亲来收拾残局。

黎浩天接到女儿的电话就和妻子赶到了警察局。他们看到黎允儿一脸苍白地坐在警察面前接受问讯，而她身边还坐着披麻戴孝的好些人，此刻正被警察训斥着不准吵闹。

"允儿！"

听到母亲的叫声，黎允儿跑过去就抱着母亲哭起来："妈！他们，他们到公司来闹！"

母亲看到黎允儿的手上的伤，心疼不已："这手怎么搞的？真是没有王法了！青天白日的，欺负一个女孩子！"

"欺负她？"一个中年男人愤懑地站起身，"她只是手受伤，而我表弟是死了！谁欺负谁呀？"

黎浩天阻止妻子跟他们打嘴仗："作为公司的员工，出了这样的意外，我们也感到很难过和遗憾，但用这样的方式是解决不了问题的，该怎么赔偿我们来谈！"

"五百万！"男人喊出声，又给旁人使使眼色，"他们一家老的老小的小，都靠表弟养活，现在他没了，没人挣钱不是让他们一家跟着死吗？"

警察在一旁说道："五百万！你们真是狮子大开口！要我说你们这些人煽风点火，也是想从中捞点好处！不过这样闹是没有用的，你们可以去法院告，去劳动行政部门仲裁，但如果把别人公司砸了，那损失也得你们自己承担！"

警察的话让那几个领头的男人稍稍收敛了气焰。

黎浩天走到姜磊母亲面前，诚恳地说："大姐，我们并不是不讲道理的人，也不会欺负你们孤儿寡母，在赔偿方面我们会尽最大的努力，这样，我们先找律师协商一下？"

"我可怜的孙子才七岁呢！"姜磊的母亲嘤嘤哭起来，"这往后可怎么过呀？"

在警察的调解下，黎允儿不追究姜家到公司闹事的事，姜家也答应好好协商。等黎允儿从警察局出来坐上车，还是后怕不已。

她抱着母亲，难过地说："现在公司走到关键的时候，会不会因为这个意外停工呀？"

"允儿，你就是经历太少了！"母亲拍着她的后背说，"以后遇到任何事都要沉得住气！"

"妈，有个员工死了，我怎么沉得住气呀？"

"该赔多少赔多少！"母亲淡淡地说，"找齐律师来谈，他有过处理工伤意外的经验！再说了这些员工公司都买了保险，所以我们也赔不了多少。"

黎允儿知道母亲说得对，但她还没从震惊中缓过来，一想到自己的员工出事就自责不已，也担心这个项目不能再继续下去。

父亲看黎允儿沉默良久，宽慰道："所有的项目都会照常运行，这只是一个意外！你也别想太多了，打起精神来！媒体把这件事曝光对我们的声誉还是会有影响，另外，宜信创投那边你也要去解释一下。"

黎允儿知道父母说的都对，她眼下要处理的问题是维护公司的形象，稳定投资方的信赖，也要硬起心肠来和姜家打官司。她知道姜家不会善罢甘休，这是一场恶战，而对于年轻的她来说，第一次认识到现实有多残忍！一条人命被各方当作利益的筹码，就连最亲的人，也想着怎么能够多得到一些补偿。她没有经历过生活的困苦，原来，人心会如此凉薄。

2

裴雨阳下班一回来就告诉沈冬晴一个好消息，他将要作为一部电影的编剧助理去横店进剧组拍戏。他找到负责人将沈冬晴的简历给他看后，他对沈冬晴拍的照片非常满意，同意她也进剧组做剧照师工作。

"进剧组？"沈冬晴怔了一下。

"这样我们就不会分开了！"裴雨阳得意扬扬，"是不是很惊喜？以后等我做了著名编剧，你就是我的御用摄像师！我们双剑合一，天下无敌！"

沈冬晴见他那么开心，不想扫兴，笑着回答："别人会笑话你的，去哪里工作都带着女朋友！"

"我可不在乎别人怎么说。"裴雨阳点了点沈冬晴的鼻翼，"导演钦点的我呢，之前有一起参与过剧本讨论，我提出的几个想法得到了导演的认可，这一次让我跟组锻炼一下！我相信以后我一定也可以成为独立编剧！"

"可是……"沈冬晴欲言又止。

"我知道你是担心我的颈椎！"他抬手揽过沈冬晴，"放心，我不会让自己成为你的拖累！"

沈冬晴垂了垂眼："你永远不会是我的拖累！"

"冬晴，你幸福吗？"

"嗯。"

"可是我觉得你不快乐。"

沈冬晴无言以对。她知道裴雨阳在意她，重视她，可是她心里反而觉得沉重，这样朝夕相对的日子她还不太适应，或者说，她还没有心理准备。有时候她怕影响他的情绪，不得不掩饰自己，但裴雨阳太敏感了。她觉得其实他更累。如果他跟一个明朗快乐的人在一起，或许他会轻松一些，而她是沈冬晴，背负着命运的沉重，不会任性，不会肆意，甚至连撒娇都不会。她冷静、理智，甚至有些悲观避世，她不想去人多的地方，也不想跟别人交际。

裴雨阳告诉她，他喜欢的人就是沈冬晴，认识她的时候就知道她是一个心思很重的女孩，即使是现在，她不愿意说的事，裴雨阳也不会勉强她。

这样的裴雨阳，让她的内心充满感激之情。

在去横店以前，沈冬晴有好多次都想告诉裴雨阳，其实她不太愿意去。她不太想将生活和工作都跟裴雨阳绑在一起，这完全没有自己的空间，可是话还没出口，已经被裴雨阳打断了："最近我的头又开始晕晕的，幸好有你在，我才能安心睡觉，要不然好怕睡着了就再也醒不来了。"

沈冬晴知道他在撒娇，但她也担心他的身体状况，浅浅一笑，将心里的话收了回去。这世上，对她来说，最重要的人也就只有裴雨阳了。

进剧组以后，裴雨阳的工作变得很忙。他要跟着拍摄的进度随时跟编剧和导演讨论，还要给演员讲戏，甚至要参与挑选群演等琐碎的事。另一边，沈冬晴的工作倒显得简单一些，除了在现场拍一些剧照，停拍的时候便四处走走，自己随意地拍拍照片，或者看看书。有时候她也会在片场外看着裴雨阳工作，那个记忆中任性妄为的少年越发成熟稳重，工作时专注的模样令沈冬晴也会不由自主地露出会心的笑容。

有时候裴雨阳回头碰上她的目光，会眨眨眼睛给她抛一个媚眼，惹得沈冬晴面红耳赤。为了避免被非议，她跟裴雨阳约定进组后不能告诉别人他们是情侣，工作时间也不能相互联系。可是裴雨阳倒好，找着机会就来跟她说话，有时候两个人擦肩而过，他会突然往她手里塞一些小礼物。仅仅是一颗糖，也会让沈冬晴觉得心里感动，但她不是那种热烈的性子，私下里也只是波澜不惊地说一声谢谢。

有天裴雨阳让她去屋顶等一会儿，他忙完工作就来找她。

她还觉得奇怪，为什么约在屋顶见面，等她到了，突然间四周树上挂满的星星灯饰全亮了，在墨黑色的天际下显得格外璀璨夺目。她静静地欣赏着这美景，闻着空气里淡淡桂花的香气，不由得想起了乌石塘村的秋季。

那个有着滩涂的海边渔村是她记忆里美好又心酸的所在。当她陷入沉思的时候，突然对面树上"飞"过来一个人，沈冬晴一怔，等那人"落"到她面前，这才看清面前的人是裴雨阳，他拿着一枝花望着她笑："是不是很惊喜？"

沈冬晴也笑了："私自动用设备，不怕挨批评？"

"我已经跟道具组打过招呼了。"裴雨阳把花举到她面前，"别眨眼哦！"

倏然之间，他手一晃，一朵花突然变成了两朵，再一晃，变成了三朵……

沈冬晴也觉得稀奇，真是难为裴雨阳为了让她开心还去学了魔术。裴雨阳看着她好奇的样子，面上更是得意，再一晃三朵花变成了一整束花。

他佯装要递给沈冬晴，等她伸手来接突然两手在空中一挥，花竟然消失了。沈冬晴被他戏弄，却不由得笑了，后者两手在她面前慢慢交叉，点点她的唇，掌心摊开来，里面是一条手机链。

他宠溺地笑笑："之前送你的手机链都旧了，换这个吧。"

沈冬晴拿出手机，看着裴雨阳替她挂上去，心里动容，踮起脚吻了吻他的脸。她知道她在裴雨阳面前显得郁郁寡欢，所以他总是想办法让她开心，也许命运对她最仁慈的一件事，就是将裴雨阳带到她身边。这一刻，她下定决心，不会再逃避了，不管遇到任何风浪也不会将她和裴雨阳分开。

让沈冬晴没有想到的是，那天晚上有人看到他们了，并将他们的关系告诉了其他人。第二天，沈冬晴到了片场，一路都有人朝她促狭地笑，说她有个浪漫贴心的男朋友，真是幸福。

沈冬晴有些局促，但见着裴雨阳落落大方地过来和她说话时，她的不安渐渐散去。

那天她在拍摄剧照时，有个叫张嘉的女演员觉得沈冬晴将她的脸拍大了，希望她重拍几张。沈冬晴又给拍了几张，但她还是不满意，出言讥诮道："我就觉得奇怪，像你这样的水平怎么能进剧组？原来是靠着某些裙带关系。"

沈冬晴脸色一沉，并不想和她争辩，收起相机转身就走。没想到她还不乐意了，觉得沈冬晴蔑视她，跟在身后嚷："站住！马上重新给我拍几张！"

沈冬晴置若罔闻，张嘉干脆上前一把抓住她的手："我的话你没有听到吗？"

沈冬晴听闻这女演员也是有点背景，所以才被插到剧组给安排了个角色，但她特别势利，对导演和主演各种巴结奉承，对其他工作人员则是不屑一顾。她这种捧高踩低的行为沈冬晴也见到过，本就对她印象不佳，但此刻她也不想招惹是非，所以耐着性子说："等下一场有你戏时我会拍照。"

"现在就补拍。"对方不依不饶。

"对不起，我还有其他工作……"

"你傲什么？"张嘉怒气冲冲，"拍几张照片还推三阻四，你的工作不就是为我们演员服务吗？我看你一天到晚对着男演员暗送秋波，难不成还想要勾搭上谁？"

听她讲话越来越过分，沈冬晴将她手一甩，冷冷道："我的工作是拍摄剧照，但我有权决定我要拍什么！"

"你——"

裴雨阳来找沈冬晴，看到她被张嘉纠缠，立刻上前揽住沈冬晴："今天的拍摄工作结束了，带你去吃好吃的！"

张嘉还想说什么，裴雨阳已经带着沈冬晴扬长而去。气得张嘉咬牙切齿，愤懑地说："走着瞧！有你们两好看的！"

沈冬晴低声对裴雨阳说："我自己的事会应付，你何苦要得罪她？"

"你得罪了她，也就是我得罪她了！"

"我只是担心……"

"只是一件小事而已，你想太多了。"

沈冬晴却觉得张嘉不会善罢甘休，她在经历那么多事后已经了解人性，真的是宁可得罪君子，不能得罪小人。即使她已经不跟邵伶伶联系，但邵伶伶还是在四处泼她的脏水，总是说她当初到杂志社是用了卑鄙的手段。

大学时的好友薛珊知道事情的整个过程，义愤填膺地要去找邵伶伶理论，被沈冬晴劝住了，如今她已经不愿意为这些事费唇舌了。她以前觉得将拍摄的照片刊登在杂志上，或者能开摄影展和获奖都是很荣耀的事，但现在她觉得那些都是虚名，她早就不在意了。

而让沈冬晴担心的事还是发生了。剧务隔天找到她，说她私自将剧照散布到网上，这令导演非常恼火，因为在开播前导演已经叮嘱过所有人，关于剧情和剧照只能通过官方平台透露，其他人不得在私人账号发布。沈冬晴看到那几张照片，心下了然，那是之前她发给宣传部同事的照片，供他们在官方网站发布。她明白，这是张嘉设计陷害她，她甚至都不屑于辩解。

场务说导演已经决定将她开除，让她把所拍摄的照片先拷贝出来，如果后期再有照片流出去，那就会追究她的法律责任了。

沈冬晴刚跟场务谈过，裴雨阳就已经知道消息了。他哪里容得下沈冬晴受委屈，直接去找导演理论，导演就算知道这中间有问题，也不想追究，牵涉太多会影响整个剧组的进展，何况开除沈冬晴也是给旁人警示，若再有人不守规矩，一样会被开除。

裴雨阳在导演那里没有得到答复，又去找编务和场务，他请求他们调查事情真相，但他们各种推诿，裴雨阳一气之下干脆也要退出这部戏的拍摄。

编务一惊道："别拿自己的前途开玩笑，这可是你第一次参与电影拍摄，会将你名字作为合作编剧出现，知道这意味着什么吗？要是这部电影火了，你的剧本都会变得抢手起来！"

"如果为了自己的前途，就让自己女朋友受委屈，我做不到。"裴雨阳不顾挽留，还是坚持要辞职。

沈冬晴知道后并没有劝说裴雨阳，她太了解他的性子，他护着她又何止这一次呢？他就是那个愿意为她赴汤蹈火的人，而她所能做的，就是和他站在一起。

3

十二月楚君尧结束了研究生的初试。随后他订了两张机票，准备和米荔一起去漠河旅行。她之前有说过想去漠河看极光，但那个中国最北的城市，到了十二月就是茫茫雪海了，她其实很怕冷，没有勇气去体验"至寒"。当时闲聊的话楚君尧却记在了心里。

这段时间，他和米荔的关系依然很别扭，她对他没有了之前的热情，反而一直疏远冷淡。楚君尧要准备考试也很忙，有一两个月的时间他们都没有见上面。他不知道米荔在想什么，所以这一次也希望能够和米荔好好谈谈。

米荔知道他已经订好机票后一怔："真的去漠河？"

"当然。"

"你不是也很怕冷吗？连北京的冬天都会觉得不适应。"米荔心里感动，却又怕自己好不容易跟楚君尧建立的疏远又毁于一旦。到六月毕业她就要回美国了，她要怎样做才能把伤害降到最低呢？每每想起分离她就感到痛彻心扉，心里犹如四面楚歌般的绝望。

"难道你不愿意？"

米荔沉默一下。她怎么会不愿意？也许这是她和楚君尧最后的回忆了，也是这一生和楚君尧最后相处的时光了。

"米荔？"楚君尧看米荔又在发呆，不由得问道，"行程我都安排好了，如果你有别的事也可以改期。"

"不，就按照你的行程安排吧。"米荔心事重重地回答。

他们直飞哈尔滨，停留两日后再飞漠河县。可是到达哈尔滨的第一日他们就发生了争执。

到达酒店门口下了出租车，米荔抬眼一看，这才发现楚君尧订的竟然是一家五星级酒店。

她不禁站定。

已经有门童殷切地上来接过他们的行李箱，楚君尧拍拍她的肩："好冷，快进去吧！"

"你我都还是学生，何必要这样铺张浪费？"

听到米荔冷冷的声音，楚君尧笑着哄道："我就是想让你吃住得舒适一点，而且我一直有收入，这不算什么。"

"我知道你有存款，但真的没有必要住这样的酒店。一个晚上两间房就上千块，也只是睡一晚上。"

"我的米荔原来这样会持家！"楚君尧促狭地笑，"以后家里的财政就交给你啦！"

"说什么呢？"米荔心里一怔，眼泪几乎落下。

楚君尧说的是"家"，是他们的未来——这是承诺吗？这样长长的一生，她若能跟喜欢的人相知相守，那该是多美好的一件事，可是，她如果留下来，或者楚君尧跟她走，在多年以后，他们会后悔自己的选择吗？他们中总有一个人会抛下亲人，她舍不得，而他亦是家中独子，怎么舍得？

"你听懂了——"楚君尧抱着她，用力地将她拉进自己的怀里，柔声说，"好啦，这可是我们第一次旅行呢！不要为这种小事吵架！"

"你会谈异地恋吗？"米荔突然问，"就是分得很远。"

"这有什么不可？"楚君尧望着她笑，"难道毕业以后你打算回美国？这距离倒是挺远，我还没想过……但根本不用考虑这种事呀！我们总会在一起。"

米荔虽然看着开朗活泼，但在面对感情时还是会想得复杂，又执拗，她觉得楚君尧想要在国内发展，那就不让他纠结了。这种选择对他来说太难了。何况她知道楚君尧母亲的身体不太好，他自己也很担心。

见米荔沉默，楚君尧扶着她的手臂，弯下腰盯着她的眼睛："如果你不喜欢这家酒店，我们可以换别家。都听你的好不好？"

米荔终于绷不住，突然扑到楚君尧怀里，紧紧抱着他："楚君尧，你别对我这么好！"

"以后会更好！"楚君尧暖暖地说，"我知道自己有时候没那么细心，也不够浪漫体贴，但我会尽力的，让你觉得做楚君尧的女朋友是一件很幸福的事！"

米荔泪流满面，点头，再点头。

"这样就能感动，真是我的傻姑娘！"

有一种心痛，在米荔的胸口汹涌。人这一生该有多无奈呀，要选择，要取舍，要经历分离，苦痛，生老病死，以前的她自认为乐观开朗，但事实上，所有的乐观都建立在风调雨顺的基础上。一旦经历变故，她其实比谁都来得脆弱。

天上的雪越落越大，整个世界都是白茫茫的一片。

这北国的寒冬，比她想象中更冷，即使她已经包裹得像粽子，但凛冽的风依然冻得她情绪低落。

进到温暖的大堂，楚君尧第一件事是顺过背包，拿出保温杯，去接了一杯热水。递给米荔之前他抿了一口有点烫，又吹了吹，这才放到米荔手里。

米荔怔怔地看着他忙前忙后，以前楚君尧虽然也对她好，可从没有这么事无巨细，现在她能确定，他对她有感情，才会让着她，哄着她，处处为她着想。换作以前，她会多激动呀，可此刻，内心只有酸楚。

他们到达漠河以后才知道这里最出名的极光其实极为少见，虽然说在地磁纬度上漠河是在弱极光区域，理论上能够见到极光，但当地人都很少见过。他们在漠河待了三天更是没有极光出现，这就像是一个传说，说的人多了，就有很多人信了。

楚君尧也觉得意外，他做事一向严谨周全，只因为米荔说在漠河能看到极光，他就毫不怀疑。原来米荔也不确定，只是听人说起罢了。

怕米荔失望，楚君尧安慰道："其实漠河还有很多景色，听说九曲十八弯和林海也不错。"

"后悔吗？"

"对我来说，景色倒不重要，和你一起旅行才是此行的目的。"

"楚君尧，我是问你后悔喜欢上我吗？"

"这种事有什么可后悔的？"

"认识得越久，了解得越深，你就会越发觉得我不是你想象中的样子。"

"你觉得我怎么想你的？"

"开朗，乐观，大气，对人热情……"

"难道不是？"

米荔摇摇头："连我自己都要讨厌自己了！没有安全感，又患得患失，还经常充满嫉妒……"

"别妄自菲薄！"楚君尧抬手摸摸她的头，"不管你变成什么样，我都喜欢。"

好一会儿米荔都没有动，她的心上就像覆着一层痛苦的膜。

"穿上外套，我带你出去玩。"

楚君尧去沙发上拿外套，递过去的手停在空中，却没察觉有人接住，他抬起头来。面前的米荔已经失去意识，轰然朝旁边倒去。

在她重重摔在地上之前，楚君尧及时扶住了她："米荔！"

窗外白雪皑皑，明亮的光线全在楚君尧的身后，这是米荔昏倒前看到的最后一幕。

不知道什么地方传来的钟声，悠长而悲怆，来来回回地响着。

每一声都撞在米荔的耳膜上，逼得她快要疯掉了。她想要喊一嗓子，却像是被施了定身术，根本动弹不得。

她想起来漠河前母亲半夜给她打的电话了，母亲说她做了个噩梦，梦见自己被一条蛇吃掉了。她在电话里哭着对米荔说，女儿，妈妈就只有你了，你快点回来。

米荔一再安抚着母亲，一再承诺这学期课程结束就立刻回去。对，还有一个月就放寒假了，她一天都不会耽搁，立刻飞回美国陪母亲。下学期……她都不知道还会不会回北京，如果母亲的情绪依然这么不稳定，她只能暂时休学了。

米荔想要睁开眼，但眼皮好重，等她挣扎着醒来，光线一下扎在眼睛上，生疼。

"你醒了？"

楚君尧的脸在她的瞳孔里放大，他温柔的样子令米荔想要抬手触碰，这才感觉右手被固定住了。她顺着看过去，手背上有白色的胶带，塑胶管从手背朝上，接通着的点滴瓶里还有三分之一的液体。

楚君尧握住米荔的手，笑容就像四月的阳光。

"都怪我太粗心，你发烧了竟然都没有察觉。"

"我病了？"

"是病毒性感冒。"

"你带我来的医院？"

"不然呢？"楚君尧促狭地说，"你看着很瘦，原来这么重。"

"是我穿太厚！"

"不过你最近真的吃得太少了！"楚君尧正色道，"以后不许节食了！看，抵抗力这么差。"

因为米荔生病，余下的几日他们都留在酒店里，在打了一天点滴后米荔退烧了，但楚君尧依然很紧张她，时不时摸摸她的额头，盯着她吃药。米荔说自己好得差不多了，想出去转转，楚君尧也不同意，怕她在房间无聊，说跟她一起玩游戏。

米荔已经很久没有登录自己的游戏账号了，当她看到"火枪手"三个字时，感觉眼睛迅速地蒙上了雾气。

如果知道今日种种，她还会用"火枪手"的身份接近他吗？恐怕她还是不甘就此错过，依然会纠缠着他，期许着他能回应她相同的感情。

也许这就是她爱情的尾声了，从此以后她和楚君尧将淹没在茫茫人海中，经年过去，他会忘记她吧，而他将永远是她的刻骨铭心，是她痛彻心扉的初恋。一想起楚君尧暖暖的笑容，她就有心碎的感觉。

4

　　许经理拿着一份订单合同喜形于色地找到毕夏："毕总，好事！这真是天大的好事！"

　　毕夏狐疑地接过他手里的订单，粗略地翻了一下，也惊喜不已。只是再细细思忖一下就察觉了问题。这是一笔国际订单，金额庞大，利润也颇丰。可以说这笔订单就是"衣雅"公司的第一桶金，不仅能很好地开拓市场，还能打响名声。

　　只是，这订单来得太蹊跷。之前他们公司只做代工厂的业务，因为在起步阶段，订单数额也不多。这家国外的公司又是怎么知道"衣雅"的呢？

　　很快，一个名字在毕夏心里浮现，这定然又是穆锡替她联系的。她一直感激穆锡，在米兰留学的时候，他就想方设法地为她铺面，又是帮她找老师，又是安排她参加服装周，还让她做明星定制，希望她毕业后可以留在米兰。虽然她还是毅然决然地回国创业，没想到穆锡依然在想办法帮她。可这数额巨大的订单他们公司是消化不了的，目前的人力物力和机器设备根本就跟不上，更何况她不想依靠穆锡的帮助，欠下他的人情。

　　"把这个订单推了吧。"毕夏淡淡地说。

　　"什么？"许经理难以置信地瞪大眼睛，"我没有听错吧！"

　　"我们目前的熟工只有二十多名，就算是加班加点，这批订单也赶制不出来。"

　　"我们可以拆合订单呀！"许经理轻松地说，"找一些有经验的工厂代加工，我们只是抽成，利润也是可观的！仅靠这笔订单，我们的销售额度就比上个季度增加百分之两百了！"

　　"这样的操作虽然可行，却有不妥之处。"毕夏将订单合同交还给许经理，反问道，"如果他们知道能够以更低的价格完成这笔订单，那对于衣雅还会信任吗？"

　　"但这利润——"

　　"在商言商，我们看重利润，但诚信才能够长远发展下去。"

　　"毕总！"许经理迟疑地说，"这可是我们衣雅发展的大好机会，错过实在可惜！"许经理对于毕夏的决定着实不解，即使对方公司察觉他们将订单分拆部分出去，但只要产品质量没有问题，也不会追究他们的责任。何况这种事也常见，谁都可以理解。但毕夏这样固执，实在是没有远见和魄力。他之前跟随毕夏父亲，也是老员工，当初因为付文博在公司拉帮结派，他在派系斗争中负气离职。毕夏重组"衣雅"的时候找到他，希望他能回公司再负责销售这一块。可是这订单找上门来，毕夏都还要拒绝，根本就没有考虑过员工的感受。

　　"替我回绝吧。"毕夏也不知该怎么解释穆锡的事，只能简单说，"直接告诉对方，公司现在规模不大，等以后发展了，再和他们合作。"

"毕总，您再考虑一下。"许经理恳切地说，"这可是关系到我们公司发展的大事，要不再开会合计下？"

"不用了！"

看着毕夏离开，许总一拍大腿，长叹一声，自言自语地说："果然没有老毕总的魄力，看来这公司也就只能小打小闹了！"

但出于对公司的考虑，他还是不忍心一口回绝这笔订单，转念之间，他想到了毕总的"男朋友"——陆怀箫在"衣雅"公司进进出出，众人早就当他是毕夏的男朋友了。许经理准备曲线救国，跟陆怀箫谈谈，让他去说服毕夏，也许事情还有转机。

傍晚，等陆怀箫来公司的时候，许经理将他拦住："小陆，有件事我想跟你聊聊。"

等陆怀箫看到订单后，心下立刻明白毕夏拒绝的原因了。他也能猜到这是穆锡在暗中帮毕夏，那个看似纨绔的富家子弟原来对毕夏一往情深。

"这笔订单可以说能够改变我们公司的命运。"许经理由衷地说，"毕总太谨慎了，也许只有你能说服她了。"

等许经理离开，陆怀箫在走廊上站了一会儿。透过窗户他看到在暮色的天际上有一架飞机在航行，它的航行灯一下一下地闪着，明暗之间有一种说不出来的孤独。也许，他的人生就是这样吧，一个人穿行在这样的夜色里，默默前行。

毕夏值得更好的人，也许那个穆锡就是最好的人选。

他还记得他第一次在米兰餐厅见到穆锡时的情景，那个被嫉妒冲昏头脑的男人，满眼都是痛苦。如果不是因为他，毕夏也许会考虑这个人？他对毕夏很好，有能力，有实力，长相出众，跟毕夏真是般配。而他呢？又能给毕夏什么？

转眼间已是深冬了，凛冽的风从敞开的窗口扑进来，夹杂着他无处安放的情绪，这一刻的陆怀箫，几乎要落下泪来。

等他收拾好情绪，这才走向毕夏的办公室。

此刻的毕夏正在伏案画设计图，陆怀箫在旁边站了好一会儿，她都没有察觉。

陆怀箫没有打扰她，只是静静地看着她。他们认识足足有七年了，她已经不再是白衣蓝裙的少女模样，她穿一件亚麻质地的衬衣，干练的阔腿裤，略施粉黛，显得职业又柔美。当她抬头发现他时，露齿一笑，让陆怀箫仿佛站在春天明媚的阳光里，温暖舒适。

"来了？"毕夏问。她也察觉内心的欢喜，在见到他的那一刻，才知道其实自己一直在等待着他。

"我先回家了一趟，所以来晚了——"

"不要紧，来了就好。"

陆怀箫听到这句，心狂跳了一下，但他不动声色地走向茶水间，准备给毕夏榨果汁。她总是喝咖啡，为了让她更健康些，他在茶水间准备了水果，让她的助理每天给她榨一杯果汁。

"对了，齐玫今天来辞职了。"

"她竟然会主动辞职？"陆怀箫有些意外，"没有提什么条件吧？"

"没有，她是个明事理的姑娘，就是嫁的老公——"

"齐玫是怕她老公再找你麻烦，所以才主动辞职？"

毕夏点点头："她之前拼命工作，一心为家里多挣钱，可她老公有了钱就去吃喝玩乐，根本不顾她，在她流产后还逼着她来要钱，她说终于想明白，这个人根本不值得她托付终身。"

"能够及时止损也好。"

"我给齐玫多发了三个月工资，也告诉她，若还想回来工作，随时欢迎。"

"毕夏！"陆怀箫加重语气，"你也知道余三是怎样的人，现在齐玫主动辞职也算解决了这事，你就不要再惹上这样的麻烦了。"

"齐玫是个好姑娘。"

"善良往往会被坏人利用，毕夏，你得为公司前景考虑，不能意气用事。"

"所以？"

"所以穆锡给你的订单你应该接下来。"

"许经理竟然告诉了你！"

"他是真心为公司着想。"

"可是穆锡……"毕夏迟疑一下，"我并不想再和他有瓜葛。"

"为什么？"

"什么为什么？"毕夏反问，"你知道他的。"

"因为你怕回应不了他的感情？"陆怀箫感觉自己说出的话就像匕首朝自己心里扎下去，"可你有没有想过，给他一个机会，试着接受他？"

毕夏静静地望着他，心往下沉。

这时刻，漫长得令陆怀箫想要逃走。

这么违心的话，他还是说出来了。他明知道毕夏在等什么，他也明知道，自己想要告白什么，但他们中间横隔着一整片夜空，他没有勇气跨过去。

陆怀箫握住杯子的手捏紧又松开，整颗心都要碎了。

"毕夏——"

毕夏的眼睛清晰地闪动着光芒，而陆怀箫却站在一片阴影里，他别过面孔，故作轻松地说："也许穆锡能够成就你，你考虑一下……"

"什么意思？"毕夏冷冷地问，"我需要他成就吗？我自己可以！"

"我是说……"

"陆怀箫，你把我当什么？你以为我需要的是一个能助我成功的男人吗？"

"穆锡，他人不错。"

"陆怀箫，你才是真正不错的人！"毕夏语气更淡了，"我就只是帮了你一次，而这七年来，你一直在'报恩'，操心我的事业，操心我的感情，已经够了！你早还清了！"

"我不是'报恩'！"陆怀箫低声说，"我是把你当朋友！毕夏，我真心为你好！"

"是吗？那谢谢——"毕夏淡淡一笑，转过身下逐客令，"今天我还有事，你先回去吧。"

陆怀箫停顿一下，千言万语都在胸腔里涌动，却一个字也没法说出来。他不止一次地想要告白，毕夏，不是所谓的"报恩"，知道吗？你是我心里唯一的姑娘，是我在白天黑夜随时都会想起的那个人。

离开毕夏的办公室，他抬起手来，狠狠地冲墙壁砸过去一拳。

他无力地垂下眼去，看到有血滴落在地面上，他定定地站在那里，缓缓地回过神来，手上没愈合的伤口又裂开了。

路灯亮起来，可陆怀箫的心却暗了。

毕夏站在窗前，看着陆怀箫的背影，他走得很慢，就这样渐渐消失在黑暗中。

毕夏想起了和黎允儿的一次对话。黎允儿问她和陆怀箫打算怎么办，就只是一层纸而已，他们非要僵持着谁也不戳破吗？明明彼此喜欢的两个人，却要打着"好朋友"的旗号，旁边的人看着都替他们着急。

毕夏也不明白为什么陆怀箫忽冷忽热，但他不开口，自己又怎么好去问呢？如果他说对自己只是朋友之情，或者就只是感谢自己当年让他重新参加高考，自己又该如何处置呢？

他们之间微妙又敏感，也就这样吧。

"也许因为你太强了。"黎允儿说，"你越优秀，他就越自卑……"

"自卑？怎么会？"

"你想呀，从一开始你们的关系就不对等，如果不是因为你的资助，他现在还是工厂的工人，怎么能上大学呢？他的命运是被你改变的，所以他心里多少都会介意。现在呢，怎么说你也是总经理，管理一个工厂几十号员工，而他却只是职场新人，虽然很优秀，也很有潜力，但各方面条件跟你比还是有很大差距……"

毕夏从来没有想过这些，在她看来，喜欢就是喜欢，只要真心相待，其他都不重要。

经历了楚君尧和李沐言后，她已经无法轻易信任人，而陆怀箫，这一路走来，不仅仅是信任，还有深深的依恋。

当她望着他的时候，会感觉有无限的温柔——他在，一直都在。

这让她安心。

此时此刻毕夏想起了黎允儿的话，心越来越沉。

她看了看时间，拿出手机给穆锡拨打电话，他应该才从睡梦中醒来，迷糊地"喂"了一声，当听到是毕夏的声音，立刻惊喜地喊出声来："我不是在做梦吧？"

"萨伦公司的订单是你介绍的吧？"毕夏直接地问。

穆锡沉默了几秒，他太了解毕夏的脾气，要是承认肯定会被拒绝，他只好装傻："萨伦？我倒是听说是不错的公司，他们旗下有很多品牌。你要是能跟他们合作，那就太好了。"

"穆锡，我谢谢你的好意，但这笔订单我不能接。"

"你已经拒绝我一百次了，难道连我引荐的生意也要拒绝？"

"公司刚刚成立，各方面都还有待改进，我是怕这笔订单完成得不好。"

"你知道的……"

"我知道你交给我，就纯粹是想帮我，但我不能辜负你的信任。"

"毕夏，你太固执了！如果是别人介绍，你还会拒绝吗？"

"也许吧。"

"因为陆怀箫？"

毕夏望向窗外的远处，那些幽深的黑暗被静静的灯光驱散，而她和陆怀箫心里的黑暗，有一天也会被光照亮吗？

穆锡没有等到毕夏的回答，继续说："是因为陆怀箫你才拒绝我的帮助吧，你想要跟所有追求你的人保持距离，你也不想去欠任何人的感情，只想维持你们之间纯粹的信任！但毕夏，陆怀箫如果真的为你好，他会让你接受我的帮助。"

"穆锡，我……"

穆锡的声音充满委屈："他到底比我好在哪里？"

"因为他陪我经历过很多寒气逼人的深夜，那些孤独寂寞的时刻，他一直都在。"

"好吧，我认输。"穆锡停顿一下，"订单的事……"

"等到公司真的有这个实力的时候，我会请你帮忙介绍。"毕夏由衷地说，"穆锡，谢谢你。"

第四章

我们在彼此伤害

1

茶几上的手机响起时，裴雨阳只扫了一眼就一把抓了起来，桌上的水杯被打翻，水洇散开来，他一边手忙脚乱地收拾一边接电话。

沈冬晴示意她来收拾，裴雨阳对着沈冬晴讪讪一笑："找我谈合作的。"然后转身回房间。

沈冬晴收拾好茶几后，打开通往阳台的门，去那里透透气。其实她并不习惯开空调，觉得干燥，会很闷，但裴雨阳怕她冷，总是二十四小时开着空调。他的好，是延伸到细枝末节的，而她不想负了他的好意，即使不适应也不会说出来。

其实刚才手机响的时候，沈冬晴已经扫到来电名字，是裴雨阳的前同事蔡雅。这几日她总是打电话来，沈冬晴依稀听到，她希望裴雨阳去找老板谈谈，看是否还能回原公司。他之前在公司有几个项目在跟进，除了正在拍摄的这个，另外还有两个正准备拍摄，之前他付出了很多心血，也一直很期待能参与进来，可现在因为泄露剧照离开剧组，也因此离开了公司。

沈冬晴知道，裴雨阳表现得轻描淡写，是不想她内疚。

而她，好像一直在给他添麻烦。

等裴雨阳接完电话出来，看到沈冬晴在阳台，立刻拿了围巾过来给她戴上："多冷呀！"

沈冬晴抬手环住裴雨阳，扬起嘴笑了笑："我找到工作了。"

"什么工作？"

"英语老师。"

"不行！"裴雨阳激烈地喊出声。

沈冬晴安抚地拍拍他的胸口："你忘记我的专业就是英语了？去做英语老师和专业对口。"

"可你喜欢的是摄影。"

"摄影依然是我的爱好，但我得有一份工作。"

"冬晴，我希望你做你喜欢的事。"

"和你在一起，就是我最喜欢的事。"

裴雨阳的笑容顿时明媚起来，他俯下身吻了吻她的额头："我最喜欢你的糖衣炮弹，不介意来得更猛烈些。"

沈冬晴莞尔一笑，深情地说："你也去做你喜欢的事，任何事我都会支持你！"

"其实，"裴雨阳犹豫地说，"蔡雅希望我再回公司。"

"你怎么打算？"

"平台虽然不错，但之前的事没有给你一个说法……"裴雨阳停顿一下，"我想要做独立编剧，只是这样会没有固定收入，每天赋闲在家，你会不会嫌弃我？"

沈冬晴故意不回答，拖长声音："嗯——"

裴雨阳笑着胳肢她，两个人玩闹起来。

沈冬晴上班前，裴雨阳一再叮嘱她，如果觉得不适应就别勉强。他觉得沈冬晴去教高中太累了，他自己念书时没少调皮捣蛋，而沈冬晴又是很有责任心的人，遇到他这样的学生一定会费心费力。还有，沈冬晴这样不善辩解的性格放在复杂的职场，也让他担心。如果再遇到邵伶伶那样圆滑世故有心机的女人，她恐怕还是不知如何应对。

沈冬晴自己心里也很忐忑，她之前是在杂志社实习，还没有正式上台讲课的经验，可好像自己也没有其他擅长的事了。她貌似高冷、疏离，但内心其实是个慢热又单纯的人，她只是不太善于表达，所以与人交往会表现出一定的距离感。

沈冬晴代班高一（4）班的英语课，在上第一节课的时候，她就注意到坐在教室最后排一个女生。那个女生长得清秀朴素，脸颊略显消瘦，身形也有点瘦，最让人难忘的是她的眼神，在一群青春逼人的高中生里，显得格外寂寥落寞。整堂英语课她都出神地望着窗外，沈冬晴顺着她的目光望出去，那里只有几棵光秃秃的梧桐树，枝丫上偶尔停着几只麻雀……

沈冬晴知道作为老师她应该制止这个女孩在课堂上的不专心，可她怕自己当众点名，会令女孩尴尬，所以她一边讲课一边踱到女孩身边，不动声色地用手指了指书本上的内容，提醒她该看到哪一页。

后来她问过班主任那个女孩的情况，得知她叫尤薇，性格孤僻，成绩一般，在学校里独来独往，也没有同学愿意跟她坐一起，所以她自己把位置搬到了最后一排。

放学的时候，沈冬晴刚走出校门，就见着裴雨阳了。

裴雨阳今天的样子和往日大为不同，他穿一件中规中矩的夹克，鼻梁上还架着眼镜，表情也颇为正经严肃。

"你……"沈冬晴打量他，"干吗穿成这样？"

"这不是为了配合你吗！"裴雨阳笑得很欢畅，"吓一跳吧？"裴雨阳平日里穿衣打扮都很潮，而且他公司对着装也没有特别的要求，所以他穿着卫衣破洞牛仔裤去上班也是常有的事。沈冬晴觉得跟他比，自己倒老成了很多。

裴雨阳自然地接过沈冬晴的挎包，挎在自己的肩上，他抬手想要揽住沈冬晴，注意到周围三三两两的学生，又将手收了回来。

沈冬晴抬起头，注意到站在斑马线边上的尤薇，她垂着头，手拉着书包带子，身影小小的，当红灯跳成绿灯的时候，她依然兀自沉浸在自己的世界里。身旁的路人匆匆掠过她。

在冬日灰蒙蒙的天空下，这个女孩有着悲伤的轮廓，令沈冬晴想起当年的自己。

当尤薇察觉到是绿灯抬脚过马路时，沈冬晴及时拉住她的手臂："已经变红灯了。"

尤薇错愕地抬起头来，认出眼前的人，深吸一口气，说："沈老师好。"

"今天的英语作业记下了吗？"沈冬晴随意地问。

尤薇低下头去："嗯。"

沈冬晴敢打赌她没有记住，可是不容她再说话，绿灯一亮，尤薇已经快速地说："老师再见！"

她就像受到惊吓的小兔子慌慌张张地朝前跑去，沈冬晴刚想张口，尤薇已经跑得老远了。

"没想到还有学生怕你！"一旁的裴雨阳笑了，捏了捏她的脸，"你看着还像高中生呢，竟然已经是高中老师了。"

沈冬晴对尤薇充满好奇，她想要知道在她身上发生了什么，才会让她变得这么敏感、谨慎、忧伤又茫然。

而当年的她，十六岁的她，也有过这样的青春。

过了几天，沈冬晴才有机会和尤薇谈谈。那天她发现尤薇又没有交英语作业，便请她放学的时候来办公室找她。

尤薇怯怯地出现在沈冬晴的面前，因为紧张两只手绞在一起，关节的位置微微发白。办公室里这时还有其他老师在，于是沈冬晴站起身道："我们去外面走走吧。"

早暮的冬日，只是五六点钟，天就黑了。

沈冬晴和尤薇慢慢地走在操场的跑道上，中间隔着一米的距离。

"小薇——"

听到老师这样亲昵的称呼，尤薇有一瞬间的吃惊。

这时有一颗足球滚到她们面前，尤薇捡起来要递给沈冬晴。

沈冬晴示意她踢还给别人。

尤薇怔了一下，但还是把球放在脚下，退后一步，大脚开出去。没想到她的脚力很大，球在空中划了一道弧线朝着踢球的同学落下去。

"谢啦！"有人喊道。

尤薇的脸微微一红，想要回应的话生生被压了回去。

"想要跟我聊聊吗？"沈冬晴问。

"什么？"

"你的父母、朋友、同学、生活和学习上的一些事……"

尤薇再一次怔了一下："所以老师您找我，只是聊天？"

"当然，我也要问问你为什么总是不交我的作业，是对我有偏见吗？"沈冬晴半开玩笑的语气令尤薇心里升起无限感激。没有人在意她，更没有人会关心她心里在想什么，对于父母来说，她只是一个筹码，谁拥有了她就可以拿到更多的财富。

"沈老师——"尤薇缓缓地说出了心事。原来她家拆迁了，分了三套房子，但父母闹起了离婚，并且谁都想要尤薇的监护权，因为有了监护权就可以多分到房产。他们成天都在吵闹，还闹到派出所几次，真是家宅不宁，她放学后根本就不想回那个家。

沈冬晴望着亮起的路灯，昏黄的光线下仿佛站着一个孤独的少女，那是十六岁时的自己，她从小渔村来到这个陌生的城市，住进一个陌生的家，她卑微敏感，浑身都充满了防御。对，七年过去了，那个少女已经慢慢长大了，她失去了很多，也得到了很多。可是那时的无助，依然令她刻骨铭心。

"大人的事你别管，你有自己的人生……"沈冬晴面对尤薇，不仅仅把她当成学生，更当成了妹妹和朋友。她第一次感受到做老师的意义，她去非洲也是想去帮助别人，而留下来未尝不可呢？如果她能成为一个很好的引路人，也许会改变孩子们的一生。

和尤薇聊完，沈冬晴回到家已经有些晚了，晚饭后她跟裴雨阳絮絮叨叨地说起她做老师这些日子的感触，她想要帮助尤薇，还要去家访跟她父母谈谈，她还说起她对未来的规划和打算……

裴雨阳认真地望着沈冬晴，看着灯光下，她略微激动的表情和微微涨红的脸。

她从来没有这样和他聊过这么多，只是短短的日子，她好像变得开朗、活泼了些。她有很多的学生，那些学生有不同的性格，他们充实了她的人生，也让她有了目标。

真好。

裴雨阳等她说完，朝她走过去，露出讪讪的笑容："我得向你坦白一件事。"

"很严重？"

"我也不知道……"

"那你说吧，我原谅你！"

裴雨阳把沈冬晴拉进怀里，下巴蹭了蹭她的头顶："其实我的病情没有加重，是我求着罗医生写得严重点……"

"真的？"

沈冬晴忽地一抬头，撞到裴雨阳的下巴，后者顾不得疼，像犯错误的孩子一样望着她。

"你的病情没有加重？"沈冬晴又问了一遍。

"哎呀，我……我就是舍不得你才撒了这个谎，你打我吧——"

说着裴雨阳就抓起她的手要朝自己脸上扇过去，沈冬晴欢喜地抱住他："太好了！你都不知道我有多担心你！"

裴雨阳一怔，没想到沈冬晴会是这样的反应。这个谎言就像石头一样压在心上，他怕沈冬晴会怪他，也怕她不会原谅他。她原本可以去更广阔的世界，现在却跟着他拘泥于这一方小天地。所幸，她找到了自己喜欢的职业，不然他真不知道要如何面对她。

裴雨阳深深地抱着沈冬晴："要知道能够轻易过关，我就早点坦白！"

"不过——"沈冬晴正色道，"以后不许骗我了！"

"遵命！"

这样的寒冬，天空永远都是寂寥的灰色，没有云，只有盘旋着的鸟，在苍穹间鸣叫。

但外面的世界再如何恶劣，这一方天地，却是温暖、祥和的，是有等待和期许的。

沈冬晴坐在沙发上捧着裴雨阳递给她的水杯，喝一口，再看他一眼，喝一口，又看他一眼，他没有回头，只是专注地望着电脑。

沈冬晴的眼里渐渐升起雾气。

幸福，原来不过如此。

2

陆怀箫站在傍晚的余晖里，等抬头的时候发现自己走到了公交站。从这里乘坐507路公交车就能到毕夏的公司。前些日子，他总是乘坐这一趟公交车去找毕夏，自从他们上次争吵以后，他已经有一个星期没有见到毕夏了。

路边有一只流浪猫，脏兮兮地望着陆怀箫，四周是川流不息的人群与车流。无论是谁，都在自己的命运轨道上前行，也构建了这世俗而丰富的世界。

陆怀箫心里的那个世界呢？

那个他可以喊，可以闹，甚至可以歇斯底里地痛哭一场的地方。

但有这样的地方吗?

白天他是职场新贵。短短两年时间他已经是持证分析师,得到上司的信任和重用。别人还当他有背景,其实他全凭着自己的努力。而下班后的时间他被一堆琐碎的家事缠住,要去菜市场买菜,要洗衣做饭刷碗,要照顾哥哥和母亲,要计划着生活费、医疗费,还要存一笔钱给哥哥做基金。他的收入已经在拿年薪,可他依然坐公交车上下班。

有时候站在弄堂口,看着黄色的小灯泡挂在斑驳的墙面上,心里会有一种温柔的感动。生活再艰难,但现在也慢慢好起来了,他已经有能力撑起这个家了。

陆怀箫在公交车站想了想,最后还是转身朝家的方向走去。

等他走到家门口,却看到一个清丽的身影在巷子里徘徊,她穿着一件白色的羽绒服,戴着嫩黄色的围巾,在这冬日里显得格外动人。他的心突然抽紧,有一种难以言说的疼痛。

毕夏转过身正对上陆怀箫的目光,他着一身挺括的风衣,显得更加英俊挺拔,只是眉头微微蹙起来,透着凝重。

陆怀箫朝毕夏走过去,头顶上是纷繁错乱的电线,还有弄堂里邻居搭的各种晾衣竿,这乱哄哄的背景跟毕夏一点儿也不搭。

"我妈过生日,她想请你一起……"毕夏咬了咬唇,脸微微滚烫。那天和陆怀箫争执以后,她也很后悔,觉得自己的话说重了。可是这些天他没有来找她,甚至电话都没有打一个,她竟然心烦意乱。

其实这么多年他们联系并不频繁,而且那时的她因为心灰意冷,对感情并没有想法,这么多年她才逐渐看清自己的心意,可是陆怀箫又变得若即若离。她好多次拿起手机想要给他打个电话,却又犹豫不决,不知该如何解释。这个时候,她根本猜不透他在想什么。

迟疑许久,毕夏还是决定跟陆怀箫当面谈谈,她不希望他们之间误会丛生,有了隔阂。

"阿姨最近还好吗?"陆怀箫关切地问。

"我妈现在忙着学京剧。"毕夏停下来,深吸一口气,将心里的话问了出来,"陆怀箫,你喜欢我吗?"

不知谁家的窗户被猛烈的北风重重地捶打着,发出嘎吱嘎吱尖锐的声响。

在这一刻,陆怀箫有很多话想要表达,当然喜欢呀,不,不仅仅是喜欢,是爱呀!但毕夏,正因为爱你,我不能让你背负我的沉重和责任。

毕夏重新问了一句:"你,想要和我在一起吗?"

沉默很戳心。

陆怀箫看着毕夏晶莹闪亮的眼睛，里面的温柔慢慢地汇聚成一汪湖水。

四周安静下来。

可风却灌进了身体里。

这逼仄的弄堂，堆满杂物的庭院，黑黢黢的楼道，陈旧的地板，腐朽的味道……这是陆怀箫的世界。知道吗？毕夏，照顾病人很艰难，何况如今他家里有两个病人呀！这会分走我很多的精力，便没有办法更好地照顾你，更没有办法帮到你。

等不到回答，毕夏自嘲地笑了笑："我知道了。"

陆怀箫在心里辩驳，不，你不知道。你不知道我心里有多渴望和你在一起，有多期盼能牵着你的手去散步，在你疲惫的时候抱住你……这些画面在我心里就像一个个美丽的泡泡，但当理智出现时，它们就一个又一个地破掉了。

毕夏转过身，失望极了。她以为陆怀箫不同，他和楚君尧，和李沐言都不同，但原来她都不知道他们心里在想什么，他们喜欢她，喜欢过她吗？他们对她好，当她付出感情的时候，又狠狠地伤害她。

"毕夏。"陆怀箫低声喊。

毕夏停下来，但没有回头，有眼泪滑落，风一吹，变得冰冷寒彻。

"我们还是朋友，有任何事你都可以来找我。"陆怀箫悲伤的目光笼罩着毕夏。

毕夏淡淡地回答："不用了。"

命运在我们的人生中埋下一颗又一颗炸弹，注定绕不过去，只能看着自己的心被炸开，血肉模糊……

撕裂般的痛，铺天盖地地吞没了她。

陆怀箫望着毕夏离去的背影，看着她越走越快，越走越急，他发现，自己蜷起的手因为太过用力在微微发抖。

毕夏的身影早已消失不见，他不知道站了多久，天越来越黑，弄堂口的光线都要看不清了，但陆怀箫在潮湿阴冷的一隅，发现了一朵黄色的野花。

这个季节开的花，更容易凋谢吧。

"怀箫，怎么站在这里？"母亲从弄堂另外一边回来，见着他，语气有些急，"这大冷的天，会感冒的。"

陆怀箫立刻露出笑容，亲昵地扶着母亲："妈，您去哪里了？医生说您要多休息！"

"我就是出去了一趟。"

陆怀箫和母亲朝家走去，他明显感到母亲的脚步有些踉跄，陆怀箫心里一酸，更用力扶着母亲，步伐也走得更慢了。

"你哥今天跑外面玩，打了赵全家的大娃。"

"什么？"陆怀箫一怔，"严重吗？"

"那娃手臂被你哥咬了一口，皮都破了，赵全家的人闹上门，说要去打破伤风，要精神损失费！"

陆怀箫默默地听着。

"你哥虽然智力有问题，但并不惹事伤人，那娃定是欺负你哥，他又说不出来，才咬了他。"母亲叹口气，"以前家里穷，耽误了他的病情。好在前几年你坚持让他去培训学校，这才让你哥学会了生活自理。可我跟你爸年纪都大了，现在我又得了这个病，真是苦了你呀！"

母亲哽咽了。

"妈，我们是一家人，本就应该互相照顾。"陆怀箫安抚地揽了揽母亲，故作轻松地笑，"过些日子，我们去看看房子，买个有电梯的楼房，这样你上下楼就方便了。"

"即使有电梯，你妈也许也走不了了……"

"怎么会？配合医生治疗，坚持吃药和做理疗，妈，这个病并不严重。"

"儿子，妈妈其实刚去看疗养院了。"

"疗养院？不行！"陆怀箫坚决地说，"我们一家人要在一起。"

"等你以后结婚了难道还要带着你哥不成？"母亲幽幽地说，"你买房子是好事，但将来你也有你的一家人，妈妈恐怕有一天就走不动了，到时候你哥怎么办？送他去疗养院吧……"

"妈，不可以！我哥一个人怎么生活？我会带着他，会照顾他，我，我不结婚——"

"说什么傻话呢？"母亲抹了抹眼泪，"知儿莫若母，我知道你喜欢毕家姑娘，但你就是顾虑太多！唉，也不是现在就把你哥送走，等我哪天动不了的时候再说吧！"

陆怀箫打断母亲，坚定地说："妈，我知道你是为我好！但相信我，我一定会照顾好哥哥，不会让他受欺负的。"

母亲叹了口气，知道再劝陆怀箫也不会答应，也只能慢慢地做他的工作了。这个小儿子，从小就懂事，哥哥生活不能自理，他帮他洗澡换衣，不嫌脏不嫌累，可这孩子越是懂事越让她心疼呀！

等陆怀箫到家以后，赵家的人又来闹了，说自己孩子被吓到了，在家里哭闹。以后不许陆怀箫的哥哥陆怀安在弄堂里玩了。

陆怀箫不想跟他们争辩，给了他们两千块钱，他们瞬间就偃旗息鼓，又故作声势地骂了几句才离开了他们家。

陆怀箫知道，有时候跟别人讲理是讲不通的。他从小在这个弄堂里长大，遇到过最市井、最自私、最无耻的人，也经历过很多不平和委屈。慢慢地，他的愤怒平静下来，他知道，他改变不了别人，只能改变自己。

他性格里的沉稳内敛，是走过了布满荆棘的道路才练就的。

等所有人睡下，陆怀箫站在窗边抬头望去，天边的明月是那样温柔，又是那样残酷……整个世界都被这清冷的月光笼罩着，吞噬着。

3

对于黎允儿来说，不愿意发生的事还是爆发了。记者将这件事写了半个版面，甚至将他们公司的节能项目审批存在的一些问题都给挖了出来，再加上几个专家点评，这个"节能项目"成本过高、华而不实……这下在其他地区正在筹建的工程也被相关部门叫停了。

雪上加霜的是，高志翔的助理关勤来通知她，说宜信创投要重新评估这个项目。

黎允儿腹背受挫，真是心力交瘁。她第一时间拨通高总的电话，想要跟他私下见面谈谈，高总同意了。

黎允儿知道，如果这个项目凉了，那公司就只能倒闭了。当初她豪言壮语，要保住父亲的心血，到头来，却让公司背上更多的债务。

一想到这些，黎允儿就恨不得扇自己一个耳光，当初父亲提醒过她，不要太激进、太冒险。姚元浩也对她说过，做事要稳，不能走捷径。可她，只觉得他们太保守，没有长远的眼光。

黎允儿走出办公室的时候，想起似的在包里翻出一支口红，对着镜子涂了唇色。她整理了一下发型，心里有点后悔，早知道应该穿更漂亮一点的衣服，再看看时间，回家换已经来不及了。她只能作罢。

等到了和高总约定的咖啡屋时，她早到了二十分钟。

其实高志翔知道黎允儿为什么找他，在商言商，他也只能在职责范围内尽量帮她。

平心而论，被黎允儿拒绝他是有挫败感的，他自诩外貌身家都不错，即使离异，但想要攀上他的女人多了去了，但长相并不算出众，顶多属于可爱的黎允儿却没有丝毫转圜余地地拒绝了他。真有点不识抬举。

黎允儿抬眼见到高总，赶紧露出微笑，礼貌地站起身迎接。

"喝什么？"黎允儿努力表现得亲切温柔，"我记得你不爱清咖，卡布奇诺怎么样？"

"我不喜欢奶泡，一杯拿铁好了。"

黎允儿等高总的咖啡端上来，这才转入正题："高总，关经理说你们要重新评估和我们公司的合作？"

高志翔深藏不露地冲她点点头。

"现在只是遇到一点困难，我们已经在解决了。和事故家属也在积极协商……"

"据我了解，并没有和解的迹象，对方已经诉诸法律……"

黎允儿一怔，垂下头："确实没有谈拢，他们的要价超出了公司承受的范围。"

"官司打下去，最后买单的会是谁？难道想让宜信来负责吗？"

"我不是这个意思。"

"宜信前期投入的资金是否能收回已经存在很大风险，如果继续投资，其他的股东是决计不会同意的。我虽然是公司的总经理，但我的决定也要受股东们制约。之前这个项目是我力荐的，现在项目出现问题我已经很难交代。"

"高总，我向您保证，目前的困难都可以解决。"

"允儿，不管是作为合作者、老师，还是朋友，我都得奉劝你一句，硬撑下去只会越亏越多，不如宣布破产，以后重新开始。"

"破产？"黎允儿手里的搅拌勺跌入杯中，手上溅到咖啡也浑然不知。

高志翔拿纸巾替她擦拭，淡淡地说："我清楚你们的财务状况，你一个女孩子就不要承受这么大压力了，现在宣布破产，是明智的。"

"高总！求求你了！"黎允儿的声音里充满哀求，"我不能这样放弃！现在还没有到那一步——"

黎允儿能够理解高总的拒绝。是她太天真了，以为可以说服他，但在商言商，他这个决定无可厚非。只是，她依然觉得难过。那种孤立无援的感觉，就好像自己要沉溺于海上，挣扎的时候，游泳圈却越来越远。

"对不起——"

"那我做你女朋友！"黎允儿口不择言，"我答应你，行不行？"

高志翔腾地站起来："黎允儿，你把我当什么了？你又把你自己当什么了？一个女孩子要自尊自爱，怎么可以用感情去获取利益？再说，你觉得我会拿钱跟你做交易吗？"

黎允儿死死抓住他的手，几乎是哭着说："你帮帮我吧！"

"允儿，你松手，这样多不好看！"

"不，你答应我，我才松手！"黎允儿激动而慌乱地说，"不管你要我做什么，都可以！高总，我实在没有办法了……"

高志翔无可奈何地看着黎允儿涨红的脸，再看看周围投来异样的目光，心里一横，大力拂开她的手，急匆匆地离开。

黎允儿看着高志翔逃走的背影，感觉有一记耳光甩在她的脸上。她是怎么了？她刚刚都说了些什么？羞愧令她无言以对，颓败地坐下去，心里有什么轰然倒塌的声音。

她想起了弟弟黎梓然，那个古灵精怪、开朗活泼的男孩，如果他还在就好了，就算她这个姐姐不争气，总还有弟弟来慰藉父亲的心，还有他来替父亲撑起事业。自己什么都不会，什么都不懂，却一意孤行、自以为是，是自己让公司万劫不复，还让父母承受颠簸变故。

一想到黎梓然，黎允儿捂住脸，不禁潸然泪下。

失去他时锥心刺骨的痛，在这一刻排山倒海般席卷而来，她感觉自己被吞没了。

这个冬天感觉格外漫长。

黎允儿想起了很多往事。刚知道自己失聪的时候，匆匆离开国内的那些日子，还有被欧洋母亲诬告，差点要坐牢的时候……她一路走过来，觉得自己坚不可摧，但实际上，她心里依然还是那个小姑娘呀！遇到困难会哭，会想找父母，会绝望，也会歇斯底里。

真冷，她穿得有些单薄，走了老远才想起来她开车去见的高总，但现在她把车忘记了。她茫然环顾四周，发现自己迷路了。

这城市，一抬头就是林立高耸的大楼，暗沉沉得像要压下来。

真吵呀！嘈杂的话语声、车流声，还有风声，这些声音越来越尖锐，她干脆把耳蜗取下来。

这下安静了。

整个世界都像是默剧。

一辆洒水车经过，她没有像路人那样躲开，生生被淋了一身。

好冷。

黎允儿慢慢地掏出手机，她想要打个电话。

有一次她和姚元浩牵着手散步，他们沉浸在热聊中，没有注意到有一辆洒水车从前面驶来，那特有的音乐更是没有听到。等到他们察觉，已经来不及跑开了。姚元浩一侧身，迅速撩起衣服给她披在头上，她一丁点儿也没有被打湿。

黎允儿看着全身都湿漉漉的姚元浩大笑，笑他的痴傻，也为这甜蜜的爱情幸福地笑着。

他们怎么就分手了呢？

黎允儿拿着手机挣扎了许久，却还是没有摁出那串号码。她现在去找他算什么？自己春风得意的时候，决绝地和他分手，现在自己落魄了，却又想要得到安慰，这比刚刚哀求高总更让她羞耻。

4

毕夏从会议室回到办公室的时候，看到黎允儿躺在长沙发上，如同婴孩一样蜷缩着身子，手臂环抱着自己。她的脸色好生苍白，嘴唇干裂出好几道小小的口子。

毕夏知道黎允儿最近遇到很多麻烦，官司缠身，又被事故家属堵在公司闹，推广的项目也不顺利，连银行也在这个时候催促他们还贷款。

毕夏知道资金链断裂的危险，黎允儿的压力太大了。

她自己呢？公司现在起步还算稳定，所有的预算也在她控制范围内，只是公司事多又琐碎，现在也没有太合适的设计师，所以她除了把控运营，还得自己操刀做设计。每天都忙得天昏地暗——这样忙碌也好，闲下来，她会想起某人。

心会痛。

毕夏从休息室拿了条毯子，轻轻地给黎允儿盖上，她一定累惨了，不管是有人敲门进来送文件，还是电话铃声响起，都没有吵醒她。

黎允儿不知道睡了多久，她仿佛掉进深不可测的水底，整个人已经窒息了。等她挣扎着醒过来，房间里灯亮着，毕夏在专注地画设计图，有细微的沙沙的笔尖划过纸的声音传来。

毕夏抬起头，对黎允儿莞尔一笑："我这里的沙发能助眠？竟然能让你睡这么好。"

黎允儿坐起来，把靠枕抱在怀里，苦笑一下："我已经两天没合眼了。"

毕夏手里的笔一顿，轻声问："事情很麻烦？"

"所有的项目都停下来重新走审核流程。我拿着资料去找人，一个部门推一个部门，就是说要停下来。"

黎允儿黯然地说："最糟糕的不是这些，是宜信要撤资了，现在公司欠款收不回，贷款还不上，还要面临民事诉讼。"

"我有！"

毕夏立刻给财务打电话，询问账面上还有多少钱，她要全部转走。

"别！"黎允儿按住她的手，缓缓摇头，"没用的。就算你能拿一百万给我，但也只能是官司的赔偿金，项目还是停着。"

毕夏知道黎允儿说得对。她的公司现在员工才二十多人，第一批货物出去，回款刚刚到位，但马上还要添新设备，购买原材料。即使所有的回款都给黎允儿，那也是杯水车薪。她可是上千万的项目呀！

"毕夏，"黎允儿迟疑地说，"我知道你最近和陆怀箫关系僵着，但能不能找下他？"

"好，我这就给他打电话。"毕夏说，"我相信他会愿意帮我们想办法的。"

"你们——"

"我们，我希望还是朋友吧。"

黎允儿喃喃地说："我也希望和姚元浩还是朋友，所有分手后还想做朋友的人，是不是都还怀揣着希望？"

"什么？"毕夏没有听清。

黎允儿苦涩地摇摇头："没事。"

窗户上凝结了一层薄薄的霜，黎允儿用手指在上面胡乱地画着。

外面的世界从玻璃窗望过去，混沌不清，好一会儿黎允儿才察觉，外面下雪了。

她把窗户推开，寒风猛地撞进来，她忍不住哆嗦了下。

又降温了。

毕夏看了看时间："下楼吧，陆怀箫快到了。"

她给陆怀箫打电话，想要为黎允儿的事见一面，他问她是否吃过晚饭，说不如一起吧。他选了她公司旁边一家私房菜馆。

她们点好菜以后，陆怀箫急匆匆地出现。

他连声道歉。

黎允儿笑了笑："来得正好，菜刚上来。"

陆怀箫望了毕夏一眼，后者躲避地垂下了眼。

"你……"陆怀箫忍不住问毕夏，"还好吗？"

毕夏点点头："目前公司挺顺利，就是黎允儿，现在宜信要撤资。"

黎允儿将公司的困境统统告诉了陆怀箫，末了，她急切地问："陆怀箫，现在还有办法吗？"

"除非是新一轮融资，否则很难。"

黎允儿长呼一声，朝椅背上一靠："可是连宜信都撤资了，谁还愿意——"

突然她心里闪过一个念头："除非……"

另外两人不由得望向她。

"我去找欧洋呢？"黎允儿小心翼翼地说。

"你疯了？"毕夏低呼出声，"欧洋的母亲一心想要报复，得知你现在的困境指不定还要在上面踩两脚。"

"我现在已经昏头了，我甚至都提出做高总的女朋友，就希望他别撤资……"黎允儿涨红了脸，羞愧地说，"我真是疯了！"

"你有想过，"陆怀箫迟疑地问，"宣布公司破产吗？"

"这难道是唯一的办法？"

陆怀箫没有回答，但黎允儿已经知道答案了。

"允儿，别急。"毕夏安慰道，"也许事情还有转机，我去找穆锡——"

听到这个名字，陆怀箫深深望了一眼毕夏，心重重摔了一下。

"不用。"黎允儿停顿一下，自嘲地说，"其实我也知道即使现在融资成功也还是亏损，项目不知道什么时候重新启动，银行的贷款也还不起，这就是一个无底洞。就算找了穆锡，他能够投入一笔钱，可我以后也还不上……"

"我再去找投资人聊聊，也许有人会有兴趣。"陆怀箫思忖一下，"也许我们还可以走收购或者并购这条路，如果被大公司看重，还是会有机会复盘的。"

"会吗？"黎允儿迟疑地问。

"你们公司在业务上还是很成熟的，并且节能项目在我看来是值得推广的。这也有可能是未来发展的趋势，我们总要做第一个吃螃蟹的人！只是目前你得把报表做好，债务要清晰，利润也要估算准确，不能太浮夸，还有，核心人员你要做一个人才库，这也是吸引公司购买的一个筹码。我会找我的客户谈，也会推荐一些有实力的公司。"

黎允儿苦涩一笑："好吧。"其实她对陆怀箫提出的收购方案并不抱乐观的态度，现在公司这么多债务，前景堪忧，谁会来收拾这个烂摊子？如果真的有人购买当然好，至少公司不用破产，员工不用失业，业务也可以保留。但，这比融资更加难。

他们三个人心事重重，吃得很少，陆怀箫看着毕夏，欲言又止。

后来，当黎允儿的父亲被警察带走后，她才知道自己有多蠢，高总提出的破产方案和陆怀箫提出的收购方案都是为她好呀，她却没有听他们的，反而铤而走险，触犯了法律。

这一夜，下了好大的雪。

5

何遇从外面风尘仆仆地回来，一进到屋里，整个房间都热闹起来，他跺着脚，搓着手，哈着气："真冷呀！手脚都麻木了！对了，我回来的时候门口湖面上好多人在溜冰，我们也去玩玩？"楚君尧从电脑前探出头来："不是说冷吗？怎么还想着出去？"

"咱们总要找点乐子！"何遇脱下外套，去厨房倒热水，一边走一边说，"我可不像你，可以几天宅在家里工作，好歹你也是有女朋友的人。"

楚君尧笑了："我能说我的乐趣就是工作吗？"

"你说我这样苦苦巴着你，我容易吗？"何遇拿了水杯又凑到楚君尧面前，"就等着你赶紧自主创业，我好跟着你混呀！"

"你就那么相信我？"

何遇嬉皮笑脸地用手去抬楚君尧的下巴，被后者一巴掌拍了出去。

"亲，我一片赤诚托付于你，你可不能负了我！"

楚君尧把靠垫砸向他："别恶心了！指不定三年后你已经混成公司高层。"

"正好。"何遇问，"我有经验，你有技术，咱们双剑合璧，所向无敌。"

"那好，为了你这份信任我也得努力呀！"

楚君尧在等研究生的录取通知，他估算过分数，应该能上本校的研究生。从漠河回来后，他也没有闲着，找了两份兼职，每天对着电脑又是数据分析，又是代码编程，忙得也没有时间跟米荔见面。就算他提出要和米荔见面，她也以要期末考、要写论文等诸多理由拒绝他。

这哪还像曾经那个一天到晚黏着他的米荔？

"你跟米荔已经两个星期没见了。"

"她忙。"

何遇忽然冒出一句："你们不会分手吧？"

"滚！"楚君尧瞪他一眼，"我们好着呢！"

"可是你们俩真的不正常！"何遇脱口而出，"我看离分手不远了！"

楚君尧气得又想扔靠垫，这才发现已经扔过了，只能怒目相向："绝对不会！"

"行行行！"何遇摆摆手，"当我没说。"

何遇溜回自己房间后，楚君尧对着电脑发呆。

何遇的话其实触动了他心里不敢深想的事。米荔的变化他能感觉得到，她的疏远、冷淡、各种推托……他不知道为什么，即使问了她也是各种理由搪塞。而且，她跟他在一起的时候，笑容明显少了，常常心事重重的样子。

楚君尧只能安慰自己，也许是他多想了，米荔真的只是在忙毕业的事。

楚君尧想了想给敬嘉瑜的微信上发了条信息，问他最近忙吗。

敬嘉瑜噼里啪啦地回了一大堆，说忙得四脚朝天。他在做一个新课题，而这个课题跟姚沛涵的新闻专业相关，他们现在到处搜集资料，每天讨论，有时候为了求证一个点，会找多个点来论证。

楚君尧心里喊了一声，这家伙是醉翁之意不在酒，明明就是故意找了和姚沛涵有关的课题亲近她——可这才是恋人之间的相处模式吧。说不完的话，想什么都分享，腻在一起……就好像，他当年和毕夏、和沈冬晴交往的时候。

楚君尧不想跟敬嘉瑜聊下去了，随便找了个借口结束了话题，他又找何晨宇问。何晨宇做事最出人意料了，当年选了历史专业，而现在，他竟然找了一份博物馆的工作，去做文物修复。他那种爱热闹又坐不住的性子怎么适应得了这种枯燥烦琐的工作？一想到何晨宇拿着放大镜坐在桌前做研究的样子，他都觉得很神奇。

何晨宇就是这样一个神奇的所在，还有，他对黎允儿深藏不露的情感，不知道是不是已经放下了，只是听说他和黎允儿已经疏远了，几乎不再联系。

何晨宇在微信上很久都没有回复，楚君尧心烦意乱，渐渐想起了往事。

那些青春飞扬的时光，他，敬嘉瑜，何晨宇，毕夏，黎允儿……那时的他们心无芥蒂，简单明朗。七年过去了，他们这一群人早散在各地，物是人非。

楚君尧想了想，又给毕夏发了信息，可还是没有得到回复。

他心里越来越空落，也越来越烦躁。

他干脆决定去见见米荔。

他拿出抽屉里为米荔准备的唇膏，换了一身衣服就出门了。之前在漠河的时候，他发现米荔嘴唇有点干裂，就想着要给她买一支唇膏。可是唇膏买了，却一直没有机会给她。

楚君尧没有给米荔打电话，直接到她的宿舍，在楼下正巧遇到她的室友，对方告诉楚君尧，米荔去教室自习去了。

楚君尧满心欢喜地找到教室，但当他看到米荔的时候，那些期待和欢喜就像被弄丢的气球，茫茫然朝天上飞去了。

米荔的面前摊开着书本，手里还握着笔，旁边却坐着一个男生，他们头挨头地讲话，那种亲昵一目了然。而那男生抬眼望向米荔，目光深情柔软，楚君尧的脸不由沉了下来。

所以这就是米荔不愿意见他的理由？

她的忽然冷淡和莫名疏远都是因为这个男生？

楚君尧在教室门口站了许久，好半天米荔才发现楚君尧，面色一怔，眼里闪动的惊喜很快被自己藏了起来。

米荔的一颗心扑通扑通狂跳。这些日子她过得太艰难了，每天都想着楚君尧，却又要忍住不和他联系，即使他打电话发微信她也是故作冷淡。她回美国的机票已经订好了，就在期末考试的第二日。她已经向老师说明，实习时间要在美国生活，等交毕业论文和答辩才回学校，老师同意了。

很快她就要回美国，和楚君尧分开了，他们原本见一面少一面，但她还忍着不去见他。有时候走在偌大的校园，想起往日和楚君尧在校园里相处的点滴，不由泪如雨下。她已经不再去法援社参加活动，因为满满的回忆会让她更加难过。

米荔从座位上站起来，而她旁边的男生也不由得看向楚君尧。

"米荔？"男生拉拉米荔的衣袖，"这里还没有讲完。"

"我男朋友来了。"米荔简单收拾了下书本，背起双肩包朝教室外走去。

"那人是谁？"楚君尧心里充满酸楚的嫉妒，劈头盖脸地问，"你说你忙，其实就是在这里搞暧昧？"

米荔看着一脸委屈质问的楚君尧，心里却笑了。以前总是她吃楚君尧的醋，没想到她只是和男生一起讨论功课他就吃醋了。

"我哪有暧昧了？"

"你们靠得那么近……"其实米荔一否认楚君尧就信了，内心责怪自己多虑了。没想到这么点小事他就会心里不舒服，原来他竟然如此在意米荔。

"我跟他在做同一个论题，到时候会出两篇不同的论文，"米荔说，"导师也觉得这种方式很新颖，就像辩论一样，我们……"

"讨论？我看他没安好心！"楚君尧想起敬嘉瑜，他故意做和女友专业相关的选题，不就是为了在谈论和学习的过程中加深感情？

"楚君尧，你来就是为了质问我？"米荔冷着脸，沉沉地问。

"我……"楚君尧内心愧疚，他也不知道自己怎么了。也许是连日被冷落的委屈，被莫名其妙疏远的酸涩，还有在见到她和别人这么熟稔的嫉妒……

"楚君尧，我还有功课没做完，先走了。"米荔知道自己很过分。楚君尧专程过来找她，她还甩脸色给他看，她甚至没有告诉他，等期末考试后她就要回美国了。

楚君尧冷冷地看着米荔，她迟疑了一下，与他擦肩而过。

寂静的走廊，有一些轻微的碎裂声，是他的心，还是他们的感情呢？楚君尧呆滞地站在那里，好像被冻住了，整个人动弹不得。

他怀揣着一颗火热的心来找她，可是她就这样转身离开。

米荔，那个阳光般温暖的女孩，怎么会变得这么陌生、残忍？

半晌后，楚君尧才回过神来，他转身望向走廊，可哪里还有米荔的身影？

呼啸的风声，清晰地冲击着他的耳膜。他醒悟似的朝楼下跑去，然后沿着去图书馆的方向寻找，终于他看到了米荔。她抱着书本垂着肩膀走得极慢极慢……

这真的不是他熟悉的米荔。那个他熟悉的米荔是走路带风的，她神采飞扬，浑身都是朝气，一看到谁，还没说话就先笑起来，眼睛眯成月牙状，令人愉悦。

楚君尧几乎是小跑过去，还没有出声，就已经从身后一把揽住了米荔。

米荔被突然抱了个满怀，终于绷不住，眼泪落了下来。

"对不起——"楚君尧柔声说，"我不想跟你冷战，也不愿跟你吵架！"

米荔的眼泪一颗一颗掉下来，她的心都碎掉了。

她终于忍不住说："我们分手吧！"

楚君尧一滞，倏然地松开她，绕到她的面前，扶住她的肩膀，正色道："你说什么？"

米荔低着头，带着沙哑的哭腔："我说我们分手吧。"

"你要跟我分手？"

"我马上就要回美国了。"

"那又如何？"

"下学期大约也不回来了。"

"那又如何？"

"毕业以后也不回来。"

"你的意思是你要留在美国？"楚君尧思忖一下，"那我们至少要分开两年呢！研究生毕业的话……"

"楚君尧！"米荔一把推开他，激动地喊出声来，"你醒醒吧！两年以后呢？你会来美国吗？这不是从北京到上海、到杭州，或者到南京，这之间有十二个小时时差，坐飞机直飞都要十三个小时以上的另外一个国家！"

"我没有想过——"

"那你想想看，你愿意去吗？你的父母，你的朋友，你熟悉的环境都在这里！"米荔流着眼泪，"你会为了我一个人，背井离乡吗？就算你愿意，可是对我来说，太沉重了！你的人生是因为我改变的，楚君尧，我不想你被感情左右，只想你永远忠于你的内心！"

"米荔，你有没有想过……"

"没有！"米荔快速地打断他，"我没有想过留下来！我承认我喜欢你的时候太盲目了，我只想要得到你的爱，可现在我才发现我们之间最现实的问题是，我不会为了你留在国内，而你也不会为了我到美国。就算我们走下去，坚持一年、两年的异国恋，结局呢？依然是感情被时间荒芜，被距离消耗，连最初的美好都没有了！"

"不要这样悲观。"楚君尧向米荔走近一步，后者却是下意识地后退一步。

"太痛苦了！"米荔虚弱地说，"坚持下去很难，而放弃更难！楚君尧，我喜欢你，可这喜欢为什么没有强烈到让我放弃一切呢？恐怕你也没有吧——"

"米荔！"楚君尧试图说服她。事情来得太突然，他一点儿心理准备都没有，更没有想过是选择留下来还是跟她走。在他看来，米荔会和他在一起，毕竟这里也是她的故土。

米荔悲伤地看着他，转身跑开了。在内心深处，她多想听到楚君尧对她承诺，好，我陪你去美国，无论是天涯还是海角，我都陪你去！但他到底是理智的。

原来这世间还有一件令人悲伤的事，那就是我们终将分道扬镳。

即使我如此喜欢你，无时无刻不想念着你，想要参与你的生活，想要回应你所有的期待，还想要紧紧地抱着你，跟你说着不着边际的话题。

我喜欢你，一点风吹草动也受不了。

可现在，我们要各自天涯。

第五章

孤独的成长

"你疯了？那是刚烧开的水！"何遇一声狂吼，迅速地拉过楚君尧的手，拧开水龙头，将他的手往水池里拖。

楚君尧这才察觉，自己拿水杯倒水，结果失神之中水全淋在自己的手背上，火辣辣地疼。

他将手背在冰凉的水下一直冲，冲到整个手臂都要麻木了。

"从你回来就怪怪的，你和米荔吵架了？"何遇侧过身，认真看着他的脸，突然笑了，"从我认识你开始，你就在谈恋爱，怎么每次谈着谈着你就这么丧了呢？"

"笑话看够了？"楚君尧没好气地瞪他一眼，"别惹我！我现在心情极度恶劣。"

"到底怎么回事？"何遇一脸八卦，"就米荔那个性格，会和你吵架不容易呀！是不是你做了什么对不起她的事？"

"何——遇——"楚君尧怒目相向。

何遇下意识头一缩，吐吐舌头："我跟你开玩笑呢！我还不了解你？每天除了工作也没别的事了。"

"也许我跟她真的要分手了。"

"真的？"何遇错愕地望着他。之前见他们联系少，也就是胡诌调侃几句，在他眼里，米荔对楚君尧是情比金坚，而楚君尧现在对米荔也是忠心耿耿。两个人在经历那么多事后，终于雨过天晴。可这才交往了多久呀，竟然闹到要分手！

楚君尧叹口气："我也不知道，但前途渺茫。"

"谁劈腿了？米荔不会呀，她当初为了你还追到国外……"

"所以女生是不是都善变，得到了就不珍惜？"

何遇微微咳嗽一声："呃……我没有谈过恋爱，所以没有经验提供参考。"

"当初说喜欢的时候怎么不告诉我，她不想谈异国恋，她要回美国？"

"米荔要回美国？"何遇又是大吃一惊，"她好端端的回美国做什么？"

"也许从一开始她就只是想跟我玩玩——"楚君尧消极地说，"而我还傻傻地一头撞过去。"

"别这样说米荔！"

"事实不就是如此？"楚君尧负气道，"终于在一起了，却说走就走。"

"那你有想过去美国吗？"

楚君尧迟疑。

何遇拍拍他的肩："好好想想吧。"

等楚君尧重新坐回电脑前，才看到出门前在微信上向何晨宇和毕夏打招呼，他们都回复了。而他们都提到了黎允儿。

何晨宇说看到新闻，黎允儿父亲的公司遇到了麻烦，现在有工伤官司在打，想问问选修法律的他，有什么建议没有。而毕夏也是问他，公司在什么情况下可以申请破产，以及破产的流程和破产后的善后事宜。

楚君尧大为惊讶。

他的脑海里不禁浮现出黎允儿年少时的模样，她个子高，身材稍显壮实，说话做事如同男孩似的利落干脆，总是跟何晨宇抬杠打闹，他们这群人，就只有她最无忧无虑了。原本就不打算参加高考，学业也不用那么努力，父母又宠溺她，所以黎允儿每天都乐呵呵的。

也许对黎允儿来说，最大的打击就是失聪吧。可后来再见她，也没有觉得她消沉，还是和以前一样开朗乐观。

这一次，恐怕是个大麻烦了。

楚君尧心里一顿，临时决定订机票回家一趟，他想回去看看在黎允儿的事上能不能帮点忙，另外也回家看看父母。

他原本只想回去待三天，可是没想到回家以后才知道母亲最近身体不太好，他担心几年前的那场癌症有复发的可能，便留下来等母亲的最终检查结果出来。所幸结果还好，仍要注意定期服药，按时检查。

只是他回家以后就一直联系不上米荔，米荔只在回美国上飞机前，给他发了条信息：

我走了，尧。

爱过你我无怨无悔，也许只是情深缘浅，命运弄人！

愿你一生顺遂安好。再见亦是朋友。

楚君尧刚回了一条信息，再发第二条时就发现自己已经被米荔拉黑了。她竟然将他的微信拉黑了！楚君尧立刻拨打她的电话，却也已经打不通。

楚君尧快疯了！米荔什么时候变得这么决绝？那个像他跟班一样的女孩竟然说放下就放下了，而他呢？他做不到！

他不断地给米荔的游戏账号"火枪手"留言，可一连几日，火枪手都没有显示登录过，而那些留言也是"未阅读"的标记。

楚君尧终于相信，这一次，米荔是下定决心将他抛弃了。

2

沈冬晴正伏案批改作业的时候，（4）班班主任柳老师喊了她一声："沈老师，还不下班？"

沈冬晴抬头微微一笑："还有一点就批改完了。"

说着她又埋头继续工作。

柳老师看着沈冬晴专注的样子，眼里流露出赞许的神色。她刚接触沈冬晴，就觉得她是一个认真负责的好老师。像他们这样的公立学校，也非重点，老师们都没有什么教学压力，除了将本职工作完成，别的事情就看个人的用心了。

柳老师也是从毕业就来这所学校，十多年过去，她已经带了两届高中毕业生，教学经验还不错，但平心而论，她对学生的耐心度却在慢慢降低。她和很多老师一样，关注的学生，要么是班上成绩好的，要么就是调皮捣蛋的，一个班五六十人，她没有那么多精力一一过问。

她一个班主任对很多同学的情况都不了解，但沈冬晴才来一个月已经将班上每个同学的学习成绩和性格大概了解了。跟她这个班主任谈起教学来，很有针对性和代表性。

柳老师对沈冬晴着实满意，可也有一些担忧，也许过个几年她也就教疲了，不会对学生这么尽心尽力了。

"对了，柳老师，您能给我尤薇的家庭地址吗？我想去做家访。"

"尤薇？"柳老师微微有些讶异，"她没有什么问题呀！在学校里不惹事，也不犯错……"

"不是，"沈冬晴解释道，"我就是见她情绪有些低落，想跟她父母谈谈。"

柳老师一怔，不由得笑了："沈老师太热心了，学生只是情绪有些波动都这么上心，我替孩子们感到幸运！"

"我……"沈冬晴羞涩地微微红了脸，"也不知道能不能帮上忙。"

"有的！"柳老师笑着说，"尤薇是个好孩子，我一直觉得她性格内向孤僻，但没有想过怎么令她变得开朗一些，和同学们相处融洽。和你相比，我真是惭愧。"

她打开通讯簿，将尤薇的地址誊写给沈冬晴，又补充了一句："需要我做什么，尽管说！我一定和你配合！"

"谢谢你！"沈冬晴站起身接过字条，急切地说，"是我配合您的工作。"

沈冬晴也没有想过，自己会喜欢这份工作。她一直怕自己做得不好，不仅没有教会孩子们知识，反而会耽误他们，可是每每听到他们亲热地喊她"沈老师"，一下课就围拢过来问她问题，或者与她聊天时表现出亲昵，她都满心感动。

那是一种被信任和依赖的感觉，更让她下决心要做得更好。

沈冬晴找到尤薇家时，最后一缕阳光也已经消失在天空里——天完全黑了下来。
林立的楼房里一盏一盏的灯光亮着，减弱了冬天带来的料峭之感。

沈冬晴敲开了位于九楼的尤薇家。

一个中年女人穿着卡通的棉质睡衣冷冷地望着她："找谁？"

"您好，我是尤薇的英语老师……"

话音还没有落下，女人已经扭头朝屋里喊："尤薇，你给我出来！你在学校干了什么坏事？老师都找上门来了！"

"不是，"沈冬晴急急地解释，"我只是来家访，看看孩子，也想跟您聊聊关于孩子学习的事。"

尤薇听到声音举着蜡烛从屋里走出来。

沈冬晴这才发现她家竟然没有亮灯，下意识抬头，廊灯是亮着的呀，那应该没有停电。

"沈老师！"尤薇见到她，显得紧张局促。

"真是你老师？"尤薇母亲问。

尤薇点点头。

"那快进来坐吧。"尤薇母亲突然间变得很热情，语气也高昂起来，"家里断电了，也只能将就下。"

屋子里点了十来根蜡烛，倒也不显得昏暗。环顾四周，沈冬晴也看得出来，他们家境优渥，宽敞的客厅，实木的地板，气派的家具、家电……阳台被改成了琴房，一架钢琴摆在那里。只是屋子虽然豪华，却很是凌乱。茶几餐桌上都横七竖八地堆满了杂物。

尤薇去给沈冬晴倒水，她母亲拉着沈冬晴坐到沙发上，已经打开了话匣子："这都是被她爸给闹的！唉，我也不知道造了什么孽，遇到这么个男人！"

沈冬晴有些尴尬，她原本是想来聊聊尤薇的学习，希望她父母能多关注下她，也希望他们的事情不要影响到孩子的成长。可是她母亲却开始吐槽起自己丈夫的种种不是，并且还是当着孩子的面。

沈冬晴几次想要岔开话题，又被她绕了回去。再看看尤薇，默默地坐在母亲身边，在母亲说到激动落泪时，还将纸巾递给母亲，只是头埋得更低了。

沈冬晴着实心疼尤薇，她的母亲并没有意识到自己在孩子面前批评她的父亲是一件很残忍的事。

沈冬晴坐了片刻，只能起身告辞。她心里想着换个时间，能够跟尤薇的母亲单独谈谈。尤薇送沈冬晴下楼的时候，涨红了脸欲言又止。

沈冬晴握住她的手："老师不是八卦的人，你母亲说的事不会同别人讲。"

"沈老师，"尤薇动容地望着她，"您是我见过的最好的老师了！"

沈冬晴抬手摸摸她的头："你母亲也很不容易，平日里可以开导一下她。"

"我早跟母亲说过，让她离婚算了，可她就是不甘心。"尤薇垂了垂眼，"父亲搬出去以后就将我们的房子断电断水，他就是想逼着我去跟他一起住，但我不能抛下母亲不管。"

"他怎么有权断电断水呢？"

"户主是他，他不去缴费充值……"尤薇咬了咬唇，"已经一个星期了，我妈总是去楼下接水回来，但电，就没有办法了。"

"明天我去找你爸爸谈谈。"

"别，老师，"尤薇幽幽地说，"没用的。"

两个人正聊着，尤薇突然抬头一怔，沈冬晴顺着她的目光望过去，在前面车位上停下一辆面包车，竟然里面汹涌着走出来七八个人。

"爸——"尤薇朝着其中一个男人迎上去。

沈冬晴心下"咯噔"一声，看他们来势汹汹的样子，一定又是为了房产的事想要赶走尤薇的母亲。她心里生出无限悲凉，夫妻走到反目成仇这一步，最苦的人其实是孩子。

"爸，您要做什么？"尤薇拉着父亲的手臂，颤声地问。

"大人的事小孩子别管！"尤薇的父亲尤祺将女儿的手一推，"都跟你说了，以后你跟着爸爸，吃好穿好什么都不缺，你要跟着你妈，我可是不管你的！"

沈冬晴上前拉住尤薇："您好，我是您女儿的老师，能不能先跟您聊聊？"

"老师？"尤祺轻蔑地打量她一眼，"我女儿以后跟着我，是要转校的！我们家的事你就别掺和了！"

"爸，爸！"尤薇不死心地拽住父亲的手臂，"您别跟妈吵架，求您了！你们好好说——"

见父亲没有反应，继续朝前走，尤薇又去求别人："小叔，您劝劝我爸呀！大姑父，你们这么多人上去，我妈会害怕的……"

可是根本没有人理会她的哀求，尤薇只能跌跌撞撞地跟着他们上楼。沈冬晴心里担忧，赶紧给裴雨阳打电话，报了地址，让他过来一趟。

"刘子容！你开门！"尤祺一行人一到门口就啪啪啪地敲门。

"妈！您别开！他们人多！"

尤薇着急地喊，话音刚落她父亲已经一记耳光扇在她的脸上。

沈冬晴惊呼一声，将尤薇拉到身后，愤懑地喊："你凭什么打孩子？"

"吃里爬外的东西！"尤祺朝沈冬晴挥拳头，"再多管闲事连你也打！"

沈冬晴拉着尤薇到一边："你别管，我来跟他们说。"

尤祺个子矮，黑壮，穿着的皮衣上有一圈貂绒领子，颈项上挂着一枚观音玉坠。是那种想要招摇又装低调的扮相。

尤薇的眼睛长得像她父亲，可此刻这男人的眼里只有钱，为了钱他不惜用任何方式来赶走自己的妻女。

人心怎么会这么扭曲呢？

沈冬晴无所畏惧地站到他们面前："你们这样闹有什么意义？不如你让他们先走，就你们夫妻俩好好谈谈？"

"如果她刘子容是能好好谈的人，我们至于拖到现在都离不了婚吗？"

"那你可以去法院起诉，走法律程序呀！"

"去起诉，你以为我不想？"尤祺恨恨地说，"可她哄着女儿跟她，那我房子得分给她，还要出赡养费，我亏不亏呀？"

"她是你女儿！"沈冬晴一阵心寒，再看一眼尤薇，她默默地流着眼泪，刚才父亲打过的脸，已经有明显的红肿手印。

尤祺已经懒得跟沈冬晴废话，旁边的人也将沈冬晴推到一边。

"刘子容，你出来！我看你能躲里面多久！"

沈冬晴看情况不对，拿出手机想要报警，尤薇拉住她："沈老师，别……"

"可这样闹下去也不是办法。"

"我妈不开门他们闹一阵也就走了，之前警察也来过，也就是劝说一番……"

沈冬晴安抚地拍拍她的肩膀："要不我们去楼下走走？"

尤薇轻轻摇头。

见尤薇母亲死活不开门，旁边的人跟尤祺嘀咕了几句，他不禁望向了尤薇。

"小薇，你跟爸爸回去。"说着他逼近尤薇。

沈冬晴拉住尤薇的手，挡在她的面前，对尤祺说："小薇明天还要上学，你们都先回去吧！让她进屋休息。"

"跟爸爸回去！"尤祺只盯着尤薇，那眼神终于露出几分慈爱，"你自己说爸爸对你好不好？你想要学琴，爸爸就给你买钢琴！你想去看大海，爸爸就带你去三亚！你想要吃牛排，爸爸请你到最好的法式餐厅……"

尤薇听父亲说起过往，心如刀绞，眼泪冲向眼眶。她也曾是父母手心里的宝，也曾被疼爱和珍视，可为什么他们要变脸呢？如果他们还是住以前的旧宅，没有这么多拆迁款，没有这几套拆迁房，会不会依然是幸福的一家三口呢？

"爸爸给你买最新款的手机！"尤祺继续说，"你想要什么，我都给你买！"

"爸，您真的是想要我跟着你，还是想多分一套房？"尤薇喉头发紧，眼泪扑簌而下，"你们要离婚就离吧！我只想平平静静地生活！"

"我当然是想你跟着我！"尤祺朝女儿走近一步，"刚才爸爸打疼你了吧，对不起！爸爸也是一时冲动，以后不会了！"

"爸！我不想跟你回去，我要留下来陪妈妈！"尤薇哀求着说，"您就回去吧！"

尤祺见来软的不行，干脆不顾沈冬晴的阻拦，上前一把抓住女儿胳膊把她往电梯里拖："我看你还反了！养了你十六年现在翅膀硬了就不听我的了？"

"爸，你弄疼我了！"尤薇喊起来。

"住手！"沈冬晴着急地拉着尤薇另一只手臂，"有话好好说，你得尊重孩子的选择！"

"就是她妈一天到晚挑拨，她才这么不听我的话！"

拉扯之间，其他人也上来帮忙，很快将沈冬晴和尤薇隔离开来，眼看着尤薇就要被拖进电梯，她哭喊起来："妈，妈！"

门突然在此时"啪"一声打开了。

尤薇的母亲刘子容举着一把菜刀，愤怒地站在门口大喝一声："松开我女儿！"

"妈！"尤薇泪如雨下。原来成年人的世界这么血淋淋，为了利益，感情、亲情都化为粉末。

禁锢住尤薇的人没有动，尤祺怔了一下："刘子容，你想干什么？"

"放开我女儿！"

"她也是我女儿！"尤祺冷哼一声，"就是你一天到晚在她面前说我坏话，所以她都不认我了！"

"你做了什么她看不到吗？女儿还在这里生活呢，你就断电断水！你是有多狠的心呀！"

"这还不是被你逼的！"

两个人你一言我一语地针锋相对，沈冬晴想要去拉尤薇，又被尤祺带来的人给挡住。正在她束手无策的时候，突然听到尤薇的一声尖叫："不要——"

她回转面孔，正看到尤薇的父亲去夺母亲的刀，而她母亲一刀劈过来，刀刃落在了他的肩膀上。

那一瞬间太快了，快得让人心脏都停止了跳动。

刘子容也被吓住了，她松开手，往后一退："不是我——"

"爸爸！"尤薇扑向父亲，哭喊道，"您没事吧？"

尤祺也是痛得嗷嗷直叫，只见菜刀还插在他的肩膀上，血不断涌出来，染红了衣服，又滴滴答答地落下去。

尤薇的姑父大吼一声："愣着干啥？去找纱布！"

尤薇这才惊慌地跑进房间找来纱布，她眼泪横飞，手指哆嗦："爸，你忍忍！忍忍呀！"

"报警！"尤祺红着眼对妻子说，"刘子容！这下你死定了！别说抢女儿的抚养权了，我看你等着吃牢饭吧！"

已经有人掏出手机报警，而刘子容面容狰狞，癫狂地呐喊："不是我！明明就不是我！是他来抢我的刀！他想要伤我！"

3

对于沈冬晴来说，这个夜晚太混乱了。

父亲被送到医院，母亲被警察带走，尤薇哭得不可抑止。

裴雨阳赶到的时候，正看到警察带走尤薇的母亲，她拽着母亲的手不肯松开："不要！不要带走我妈！"

沈冬晴劝着她："小薇，听话，警察只是依法办事。"

"你们都得去录口供！"警察看了尤薇一眼，问沈冬晴，"你跟她是什么关系？"

"我是她老师。"

"老师？"

"对，我今天来家访——"

去派出所录完口供已经是后半夜了，等他们走出大门，大风从黑暗里冲过来，冷得他们打了个寒战。沈冬晴要将外套脱下来给尤薇，被裴雨阳按住了手，他脱下羽绒服裹住尤薇。

尤薇抬起头，凄惶地望着沈冬晴："我妈会坐牢吗？这下是不是我的抚养权就要归爸爸了？我不想跟着他，宁愿一个人生活也不想！"

沈冬晴替她拉上拉链，整理好围巾，安抚地说："我会去找你爸爸谈谈。放心，一切都会好起来的。老师会一直帮助你！"

尤薇点点头，牵起了沈冬晴的手。

因为尤薇家断电断水，所以沈冬晴决定带她回自己家。裴雨阳开车带她们先回去收拾东西，到家后怕她们饿，便煮了面条给她们。

尤薇盯着热气腾腾的面条，眼泪再一次扑簌而下："沈老师，我妈饿了吗？她要被拘留几天呀？拘留所里冷不冷……"

沈冬晴无言以对。

"我真想离开这里。"尤薇说，"去很远的地方，不用夹在他们中间，看他们闹成这样。"

"小薇，知道吗？我曾经最想做的事就是回家。"沈冬晴缓缓地说。

裴雨阳体贴地走到她旁边，宠溺地揽住她的肩，别转面孔深深地望着她。

"在你这个年纪，也就是十六岁的时候，我背井离乡来到新的学校，住到别人家。"

"就是我家。"裴雨阳突然插嘴。

"你别打岔！"沈冬晴娇嗔一声，后者立刻噤声。

"后来我去了北京，这么多年鲜少待在家里，可是等我想要和父母好好相处的时候，他们都已经不在了。"

"沈老师！"尤薇错愕地看着她。

裴雨阳安慰地拍了拍她的肩。

沈冬晴心里流淌着痛楚，语重心长地对尤薇说："珍惜拥有是很简单的一句话，但我们往往总是在失去以后才想要去珍惜！小薇，他们是做错了很多事，但我们要懂得原谅。"

"我明白了！"尤薇笃定地说，"我会坚强，会勇敢起来，再也不去想如何逃避。"

"我爱你！"裴雨阳突然说。

沈冬晴羞涩地笑了："当着孩子说什么呢？"

尤薇也笑了。

"我就是想要让小薇知道，这世界上，唯有爱可以让人在逆境中乐观和坚强起来！她的沈老师无论经历怎样的挫折，都始终相信爱，所以她被这爱引领着，终于成为现在越来越好的她。而我，也因为她的赤诚之心，被她深深吸引着。"

尤薇终于真正露出笑容，再一次说："我懂了。"

成长这么猝不及防，在一切美好被打碎的时候，我们也要相信，有一朵叫爱的花朵，可以冲破所有的迷雾重新盛放。

原本沈冬晴想去医院找尤薇的父亲谈谈，但裴雨阳觉得那样利欲熏心的人未必会听她的，得另外想办法才行。他分析道，他这么急不可耐地离婚，会不会是有外遇之类的事，只要证明他是婚姻的过错方，就有筹码去跟他谈了。

沈冬晴承认他说得对，可是要想找到他的漏洞，谈何容易呢？

裴雨阳说只要跟着他，没准就会有发现。

尤薇的外婆家请了律师，很快将她母亲保释出来，但因为她父亲坚持要走刑事诉讼，所以她母亲还是很可能被刑拘。律师说，好在他的伤口并不严重，三厘米的伤口最多会被鉴定为轻伤。但在诉讼过程中，如果对方再起诉离婚，那法院调解过程会对这件事做考量，尤薇的抚养权很可能就归父亲了。

即使尤薇去求父亲，他也坚持，只要她母亲放弃房产，净身出户，那他可以放弃起诉，也不会再争夺抚养权。

"他是人吗？"刘子容被气得发抖，因为太激动，额头的青筋都暴了出来，"小薇是他的亲生女儿呀，他怎么忍心让她连个住的地方都没有！"

"妈！"尤薇抱住母亲哭，"没关系！我什么都不要！妈，我们可以租房子住，我也可以不上学去打工……"

刘子容气得捶打女儿："不上学，不上学你能做什么？你这一辈子都被毁了！妈不会同意的，大不了跟他同归于尽，这些房子就都是你的了！"

"妈！"尤薇惊惧地喊起来，"您说什么？"

刘子容哀号一声，抱住女儿，痛哭起来。

一旁的沈冬晴和裴雨阳也是红了眼眶。他们也没有想到尤薇的父亲竟然会这么狠，之前还同意给一套房产，现在却什么都不愿意给了。

裴雨阳为了找到尤祺的把柄，每天都跟着他，可是令人沮丧的是，他根本就没有什么问题。每天都睡到中午才醒，然后去楼下小餐馆吃点东西，再去棋牌室玩一下午牌就回家。他几乎没有应酬，也没有去花天酒地，生活简单极了。裴雨阳也去棋牌室了解过，他输赢都是几百块，输得多了立刻就不玩了。

看上去这样老实本分的人，怎么会对妻女如此决绝呢？

裴雨阳和沈冬晴都不明白。

眼看着要开庭了，他们也束手无策。

尤薇除了害怕母亲会坐牢，对于房产之类的并不在乎，可是她只要一向母亲提出和父亲协商和解，就会被她母亲痛骂一顿。尤薇很是着急。

裴雨阳都快要放弃的时候，终于有了新的发现。那天尤祺去见了一个人，那个人就是尤祺的姐夫，也就是尤薇的姑父。他们一同去了一家茶楼喝茶，因为尤祺没有见过裴雨阳，所以裴雨阳坐在他们身后的位置他们都没有察觉。

尤薇的姑父提到他们公司已经拿到了某一处工程的招标，这个项目完成会赚上千万。他们也提到了尤祺的离婚官司。原来尤祺争夺房产的目的，是因为他已经将三套房子找小额贷款公司抵押，拿到钱以后投资到他姐夫的公司。如果去起诉离婚，就会查出来他婚内转移资产的事，所以他只能用另外的方式逼着刘子容离婚。

裴雨阳心里一阵狂跳，他用手机偷偷录下了他们的谈话。知道终于有筹码跟尤薇的父亲谈判了。

当他们拿出证据，包括录音，还有他断电断水逼妻女离家以及带一众人上门闹事等人证物证，尤祺这才松了口。在律师的斡旋下，他们终于达成和解，协商离婚。尤薇的父亲放弃抚养权，支付赡养费、教育费到尤薇大学毕业，并将她们现在所住的房子留给尤薇，等她十八岁就去过户。

事情尘埃落定已经是旧历新年了。

对于沈冬晴来说，她很开心尤薇终于获得了平静的生活，但这段经历定然也会在她的成长过程中留下很深的伤痛，希望时日过去，伤口愈合只留下浅浅的疤痕。

4

黎允儿拿着一沓资料再一次到环保局找负责审批的何主任时，对方一看到她就想要躲。

"我马上有个会，等有具体的通知下来我会给你去电话。"何主任佯装很忙地整理桌面上的资料，站起身准备离开。

"我已经来了十三次了，何主任！我们的项目到底要停工到什么时候？多停一天工，我们公司都损失巨大，您看能不能……"

"在走流程，很快很快！"何主任摆摆手，为难地说，"你也知道这次是联合审查，不仅是我们环保局，还牵涉到建设局、规划局等，并且对于基准能耗状况、项目实施后能耗状况、能源管理和计量体系，以及能耗泄漏等方面都要由专家评估。"

"那到底还要等多久呢？"黎允儿也知道事情很棘手，可她难道就只能坐以待毙吗？每一天，破产的念头都会在脑子里盘桓，就连父亲也提出，根据目前的经营状况，很难坚持到年后。也许申请破产是唯一的办法了。

黎允儿失魂落魄地从环保局出来，她坐上车后拿起手机想要打开一款APP（手机的第三方应用程序），突然间发现这款投资理财的平台已经无法打开。

一种乌云压顶的感觉袭来，她手指微抖地在网上查询，心里暗暗祈祷，软件打不开是因为系统出现问题或者网站被黑客攻击，这只是短暂的情况，很快就会恢复过来。

黎允儿谁都没有告诉，她做了铤而走险的一件事。

那时候公司账面上已经没有多少流动资金了，马上就要给员工发工资，如果连工资都拖欠，公司将失去民心，员工很快就会跳槽流失。她想到了找信贷公司借钱，但公司目前这种状况，根本没有公司愿意借钱给她。

她找到最后一家信贷公司的时候，公司的老板杨振却跟她说了另外一个方案。他们有一个理财平台，她可以将他们公司的项目挂在他们网站，以众筹的方式获得资金。

那也是黎允儿第一次听说"众筹"，杨振告诉她，用高额的利息吸引投资者，而他们公司收到投资者的钱后，只收很少的佣金，这就可以解决黎允儿的燃眉之急。

黎允儿暗暗希望，有了周转资金，等项目启动起来一切都会好起来的。

可是她还没有拿到信贷公司转过来的钱，软件平台却打不开了。

一直到第二天软件还是打不开，她拿起手机给杨振打电话，无法接通。她跑到杨振的公司去找，可是大门紧闭，一个人影都没有。

此时，已经有很多网民也是因为打不开软件跑来询问。

黎允儿咚咚地敲门，朝里面大喊，可是哪有人回应呢？

"别敲了！我昨天就堵在这里了，一个人都没有！"一个三十来岁的男人闷闷地抽着烟，他一脸憔悴，声音微抖，"骗子！我怎么就遇到骗子了！我怎么就这么倒霉，遇到了骗子！"

"这可怎么办呀？"一个五十来岁的大妈朝地上跌坐下去，拍着大腿号啕大哭，"三十万可是我一辈子攒的钱呀！这些骗子要千刀万剐……"

"他们真是骗子？"一个年轻的女人穿着绛色棉袄，脸色惨白地问，"不是有担保公司吗？不是所有的项目都有批文，我查过的！都是真的公司，真的项目！"

"贪心！我就是太贪心了！"一个男人狠抽自己一巴掌，"赚了一点儿就还想赚更多……"

黎允儿觉得好冷，绝望包裹了她。

"那个'瑞鑫有限公司',他们的项目我也去查过……"另一个人说,"这个公司挺大的,他们跟'多元信贷'是不是一伙的?"

黎允儿心里"咯噔"一声,他们提到的"瑞鑫有限公司"正是她父亲的公司呀!

此刻的黎允儿意识到事情比她想象的还要复杂,她转身一步朝外走去,一边走,一边给陆怀箫打电话,说要立刻见到他。

因为是上班时间,陆怀箫只能在公司见她。这还是黎允儿第一次去陆怀箫的公司。没想到陆怀箫已经有自己独立的办公室,在这座城市的核心位置,最高的那栋楼的十九楼。巨大的落地窗视野开阔,可以清楚地看到此刻天边拥挤着的乌云在焦躁地翻滚。

陆怀箫看着脸色灰白的黎允儿,倒了一杯咖啡递给她。

黎允儿没有接,急切地说:"怀箫,我闯祸了!这一次我又闯祸了!"

"慢慢说。"

陆怀箫将咖啡杯塞到她手里,拿了椅子坐到她面前。

黎允儿让自己镇定一下,开始跟陆怀箫谈起她认识杨振的过程,还有她跟杨振签下的协议,以及现在杨振的公司关门,他很可能卷款出逃。

"他用网站非法集资,跟我没有多少关系吧?"黎允儿期许地望着陆怀箫,"我真的不知道他是个骗子,也不知道他的网站做的是这样的事!我以为只是一个平台,他赚取佣金而已。"

"冷静点。"陆怀箫安抚道,"我现在陪你去警察局……"

"不!"黎允儿喊起来,"我不要去!我没有犯罪,凭什么要把我关起来?"

"黎允儿,你听我说——"陆怀箫深吸一口气,"杨振的网站从一开始就是想要诈骗,但他只是皮包公司,没有实体,所以才会找你们公司。当他知道你需要钱的时候,提出可以帮你融资,但要你提供你公司的一些资质认证……"

"是的,我提供了。"

"所以有了这些东西,他的这个皮包公司看着才像真的一样。"

"那我,我也是受害者!"

"先去警察局报案,我会陪你去。别着急,事情说清楚就会没事。"

在去警察局的路上,黎允儿给楚君尧打了个电话,把事情简单说了一下。楚君尧上次专程从北京回来,就是对她公司的劳务纠纷案给了一些意见,就连公司的律师都直言楚君尧是后生可畏。他们之前一直想要找到出事员工不恰当操作这点,可一直没有证据。楚君尧做了一个模拟的物理试验,还原了当时的现场。案子虽然在僵持之中,但有了这样的证据,对他们瑞鑫公司来说,也有利了一些。

朋友果然是比恋人更可靠的关系，当年楚君尧和毕夏那么要好，却因为分手相忘于江湖。还好，他们最后退回了朋友，如今他对毕夏也很关心，对她这个朋友也两肋插刀。这次事故，身边的朋友都在积极地帮她想办法，即使是许久不曾见面的何晨宇。

黎允儿又想到了姚元浩，分手这几个月，他们竟然从未联系，看来以后都会变成陌生人了。

楚君尧此时已经回北京，听到黎允儿的诉说，也是惊讶不已。觉得她太轻信于人了，可对于她来说，公司生死存亡之际，她就难免关心则乱。

楚君尧问她有没有和杨振的聊天记录或者录音，这样能证明黎允儿是在不知情的情况下参与了这次的网络诈骗。这时黎允儿才想起来，每次杨振和她见面都是约在他办公室面谈，他们之间一条聊天记录都没有，更没有办法证明她不知情。

"可是他没有给我们瑞鑫转一笔钱呀！根本就没有资金往来！"

"他们有可能认为你们是……"楚君尧在电话那边说，"起了内讧，所以杨振把钱卷走！"

"怎么可能？"

楚君尧思忖一下，不想让黎允儿太过紧张，宽慰道："我查一下相关案例，你先去报案，有任何进展我们再沟通。"

黎允儿的不安就像在身体里长了一个旋涡，要将她整个儿吞下去。

"小心！"陆怀箫突然喊一声。

黎允儿这才醒转过来，前方已是红灯，她一个紧急刹车停了下来。等陆怀箫别转面孔，错愕地发现眼泪从她眼眶里不断涌出来。

"黎允儿——"陆怀箫不知如何安慰。

"我没事！"黎允儿挤出笑容，用手背一边胡乱地擦眼泪，一边絮絮叨叨地说，"没事！我真没事！"

黎允儿从来没有想到，自己这么无能。年少时她总是觉得父母安排太多，她要上哪所学校，她要学什么特长，甚至是生活中的方方面面父母都要干涉包办。她觉得她行，她可以的，她已经长大了，有自己的判断力，也有自己的主见。只是走到今天，她才明白，她原来多么天真幼稚呀！她没有深谙这世道的艰难，没有经历太多阴谋算计，她只是凭借着自己的勇气就相信自己会力挽狂澜。

她高估了自己，也低估了人心。她没有想到高志翔会撤资，也没有想到自己被人算计……如果，如果她早听父亲的，在富恒公司步步进逼的时候就结束公司，那瑞鑫公司不至于欠下巨额贷款。她拿着宜信创投的第一笔天使投资就扬扬得意，她盲目自信，激进扩张，把盘子摊开得太大，令周转资金岌岌可危。

原来成长的代价是如此惨痛，让她终于认清了自己的幼稚盲目。

那天在陆怀箫的陪同下，黎允儿去警察局录了口供。

原来早已经有人来报案了，这个网络诈骗案牵涉上千万资金，已经被立案，由经济犯罪调查科和刑事侦查科成立专案组调查。

这件事也被媒体报道出来，再一次将瑞鑫公司推向风口浪尖，而因为牵涉到刑事案件，银行直接冻结了资金。

这一次，瑞鑫公司已经一点儿生机也没有，只能向人民法院提交破产申请。

黎允儿提交破产申请的那一天，她在办公室里坐了很久很久。

当姚元浩出现在她的办公室门口时，看到昏沉的光线里，她埋头抱着膝盖坐在角落，没有一点儿哭的声音，只有她的肩膀在轻轻地颤抖。

姚元浩心疼极了。

这还是他认识的那个神采飞扬、率真开朗的黎允儿吗？此刻，她连痛哭都在压抑隐忍，这太沉重了。

第六章

对手是你，令我挫败

毕夏给黎允儿打了好几个电话都没有人接，心里担忧，猜想着她肯定在公司，便来找她了。

在楼下的时候，毕夏见到了一个徘徊的身影，她一怔，倒也没有觉得太过意外。在她看来，黎允儿和姚元浩分手过于冲动了，两个人本来没有太大的矛盾，也许只是吵架赌气而已。但没有想到好几个月过去了，他们竟然都没有联系对方……

"姚元浩。"毕夏走向他。

姚元浩缓缓转身，看到穿着驼色呢大衣的毕夏，心里有些微妙的情绪。

夜色很凉，空气中有一些混沌的光线，令人无端地想起往事。不仅仅是这次，每一次，姚元浩见到毕夏，都会有一种混杂着羞涩、难堪、紧张、不安的情绪，就好像他依然是那个十六岁的少年，喜欢她却无法表达。

不，如今他确定自己喜欢的人是黎允儿了——可是，他永远记得自己初恋时的心悸，忘不掉的也是那时自己的傻，自己的痴。

毕夏浑然不知姚元浩的心情，站到他面前，浅笑着问："怎么不上楼？"

"怕这个时候她不愿意见到我。"

"既然来了，为什么不试试？"毕夏停顿一下，说，"她总是貌似无所谓的样子，但其实她心里一直没有放下你。"

"真的？"姚元浩惊喜地问，"我以为她已经很讨厌我，不想再跟我有任何来往。"

"上一次允儿没有跟你一起去旅行，其实她后悔得很……"

"我——"

"有些事得说清楚。"毕夏自嘲地笑笑，"含糊不清，总是让对方猜，这样的感情太累了。"

"我知道了。"

"那你上去吧，跟她谈谈。"毕夏说，"我去她家里等着。"

毕夏知道黎允儿有怎样的绝望。她坚持了这么久，付出了这么多努力，不仅仅是想要将父亲的公司延续下去，她还想要向父母证明，她可以做得很好。也许黎允儿自己都没有察觉，她顺风顺水的人生中藏着小小的对父母的叛逆。这也许是从青春时代父母逼她出国就埋下的种子，这么多年她想要向他们证明，她独立了，成年了，她要驾驭自己的人生，做自己的选择。

毕夏看着姚元浩上楼，心里百转千回。

允儿会坚强地面对这一切吗？经历过这一切后，她和姚元浩会破镜重圆吗？

毕夏开车往黎允儿家的方向驶去，音响里传来一首幽婉的歌曲，令她想起了阳光、梧桐树、单车……还有十六岁笑容单纯明媚的他们。

我的爱人/你永远不知道/你是我渴望已久的晴天/你是我赖以呼吸的空气/你是那不同的、唯一的、柔软的、干燥的、天空一样的/你是我温暖的手套、冰冷的啤酒/带着阳光气息的衬衫/日复一日的梦想/你是纯洁的、天真的、玻璃一样的/阳光穿过你，却改变了自己的方向。

隔着岁月去看青春，多了一些磨砂样的朦胧，忘记了一些，记起了一些，但成长，还是轰轰烈烈把他们打造成了现在的模样。

望向窗外，到处张灯结彩，一派喜庆。

毕夏这才想起来，还有几日便是大年三十了。

时间过得真快呀！

无论被吞没了怎样的情绪，悲欢离合，喜怒哀乐，时间永远不动声色地前行。

手机响起来，毕夏看了一眼是母亲打来的电话，戴上蓝牙耳机，接通了。

"妈——"

"毕夏！"

听到一声雀跃的欢呼，毕夏下意识看了一眼来电显示，确定这是母亲的手机号码。可是这分明是穆锡的声音。

"毕夏，我到中国了，我来找你了！"穆锡的声音欢喜愉悦，"我现在就在你家门口。"

"你真的认识这个人？"母亲的声音从电话那边传来，"那你先回来吧，别让客人等久了。"

毕夏原本想去黎允儿家，今天晚上陪她，现在也不得不掉转车头回家。

等她刚摁响门铃，穆锡已经抢先一步来开门，一见到她，他抬手就要抱，却被毕夏毫不留情地伸手挡了回去。

"这一次我爸封杀我，不准我在米兰混了。"穆锡委屈巴巴地说，"所以我只好来投靠你了！"

毕夏看着他，一身名牌，神采奕奕，哪里有半分落魄的样子？便笑了："有这个时间来找我，不如去向你父亲跪地求饶！"

"你得收留我！"穆锡小心翼翼地看了毕夏母亲一眼，压低声音，"像我这样的青年才俊，你母亲竟然不欢迎……"

毕夏同情地笑了。

母亲一向中意陆怀箫。上次母亲同陆怀箫一起到米兰找她，就已经表明了她的心愿，现在见她和陆怀箫迟迟没有进展，也是着急。前些日子她生日想要邀请陆怀箫，毕夏找了个借口推托了，之后也没有见陆怀箫上门。母亲问了几次，毕夏都含糊其词，倒是让她好不失望。

"毕夏，你跟我来。"母亲说着递给她一个眼色，示意她到书房谈谈。

"穆先生，你先坐会儿，喝喝茶吃点水果点心，我跟女儿谈点私事。"沈梓瑜对穆锡说完，拉过毕夏的手就进了房间。

穆锡看着忍俊不禁，原来在母亲面前，毕夏是这样乖乖女的模样。也许就只有对他，才是又冷又凶，可自己就喜欢冷傲的毕夏呀！自从毕夏回国后，他收拾心情，准备重战情场，可是放眼望去，没有一个姑娘让他有心动的感觉，甚至是谈谈恋爱的心情都没有。穆锡真是悲哀，自诩是情场浪子的他竟然这样痴情。

他知道毕夏心里有陆怀箫，可前些天他与靳雯雯联系，这才知道毕夏一直没有和陆怀箫在一起。他心里惊喜得快喊出声来，如果他们能够在一起早在一起了，现在莫不是陆怀箫有了异心？穆锡心里燃起希望，也许他还有机会。他找靳雯雯要来毕夏家里的地址，就从米兰飞过来了。他一是想来看看毕夏，二是想来证实一下她和陆怀箫的关系。

刚进书房，沈梓瑜就劈头盖脸地问："难怪你跟小陆到现在都确定不下来，是不是他知道你跟这个穆锡牵扯不清？"

毕夏无奈地笑了："妈，您别胡乱猜测了，我跟穆锡只是朋友……"

"朋友？"沈梓瑜瞪着女儿，"只是朋友他会千里迢迢来找？他说的是'投奔'，就是冲着你来的！我已经盘问过他了，他家世背景有点复杂，这种富二代公子哥最不靠谱！你可别被他的甜言蜜语给糊弄住了！"

毕夏哭笑不得："妈，我跟穆锡真的一点儿关系都没有！以前在米兰的时候他帮了我很多，这一次他是因为跟他父亲有了别扭才来中国……"

"没关系？"沈梓瑜再一次打断她，"他直接跟我说他喜欢你，就是一直在追你！"

毕夏无奈地耸耸肩："妈，就算这样我也没有跟他不清不楚，我知道自己在做什么。"

"那你和小陆？"

"我们俩工作都忙。"

"工作忙跟谈恋爱是两码事，人家总统还结婚生孩子呢，你呢？"

毕夏被母亲逼急了，脱口而出："人家根本就不喜欢我！您就别一厢情愿了……"

"不喜欢？"沈梓瑜一怔，"怎么可能？"

"怎么就不可能？"

"妈看得出来，小陆是喜欢你的，不然这么多年他怎么会为你做这么多？每一次遇到困难不都是他帮忙？"

"那是因为他感恩，就因为爸爸资助了他的学费，让他能够上大学，所以他才对我，对我们家这么好。"

"不对，不是这样。"

"妈——"毕夏为难地说，"您以后就别想着撮合我和陆怀箫了，这会让我难堪，也会让他觉得有负担。我跟他，就这样做朋友也挺好。"

"你们之间是有误会。"沈梓瑜还是不信，"小陆这个孩子优秀、出众，对你又没得说，有误会就解释清楚，这样拖沓着，感情都被消耗掉了！"

毕夏在心里叹了口气。

她已经不想再去自作多情了。曾经也以为他对她的好是因为喜欢，但原来他们之间根本就没有她想的那么情深义重。他只是单单为了报答他们家，又或者因为父亲离世，他对她们孤儿寡母心生同情……

她心里交错着各种情绪，却只能深深地压抑下去。

2

沈梓瑜想了一整个晚上，还是决定去找陆怀箫谈谈。她想知道他对毕夏究竟是怎样的态度，也怕他误会毕夏，导致两个人有了隔阂。

沈梓瑜到了陆怀箫公司附近，约他中午出来吃饭的时间见一面。

陆怀箫走到电梯口，女同事梅悦见到，飞快地摁开电梯，冲他喊："陆经理，快进来。"

陆怀箫颔首以示谢意，梅悦偷偷看了他一眼，脚步挪动一下不动声色地靠近陆怀箫，几乎肩膀靠着肩膀。她的心一阵狂跳，脸微微地红了。

陆怀箫在公司的女同事中很有人气，他自带一股英气，眼神落拓沉稳，进公司才两年，业绩已经斐然，完全没有职场新人的毛躁和青涩。当然，围绕着陆怀箫的话题不仅仅是正面的，也有人表示他其实是个城府很深的人，在公司派系争斗中隔岸观火，在与直系上司的相处中阳奉阴违……所以他很快越过上司得到升职。

　　刚一出电梯，梅悦就跟上陆怀箫，热情地说："今天陆经理打算在外面用餐？我知道一家不错的湘菜馆，要不要一起？"

　　"对不起，我不习惯太辣的菜。"

　　"那，你想吃什么？"

　　"抱歉，我有约了——"

　　"这样呀，"梅悦鼓起勇气说，"明天可以吗？我有些工作的事想向你请教……"

　　陆怀箫已经看到沈阿姨，匆忙对身边的梅悦说了声抱歉，然后疾步走开了。

　　沈梓瑜已经见到陆怀箫身边的女孩，心里也是一怔。难道这是陆怀箫的女朋友？办公室恋情倒有可能，所以这就是陆怀箫和毕夏之间的矛盾？

　　"那个女孩——"沈梓瑜试探地问。

　　"谁？"陆怀箫一怔。

　　"刚刚和你一起的女孩。"

　　"只是同事。"陆怀箫知道沈阿姨误会了，却不想多做解释。

　　陆怀箫带沈阿姨去了一家装修精致、环境安静的港式餐厅，他知道她口味偏清淡，也知道她喜欢吃港式菜系里的深井烧鹅、虾饺皇……

　　沈梓瑜看着陆怀箫为自己细心地布菜，妥帖地倒水拿纸巾，内心充满赞许。她认识这孩子也这么多年了，看着他成为现在这样优秀的人，对他的人品性格是相当满意。毕夏是太有主见太独立了，她把很多事都藏在心里，连她这个母亲都不会告诉。这样坚毅的性子让母亲心疼，而陆怀箫呢？他成熟稳重，能够包容毕夏，也能够体谅毕夏，当然，他的优秀也能够和同样优秀的毕夏匹配……

　　"小陆，怎么好些日子没过来看看阿姨？"端着茶杯，沈梓瑜审视地望着陆怀箫笑，"是不是跟我们家毕夏吵架了？"

　　陆怀箫的眼里有不动声色的黯然，他当然知道沈阿姨为什么来找他。

　　"阿姨，"陆怀箫决定据实相告，"最近我母亲病了，所以有点忙。很抱歉没有过来探望您。"

　　"啊，你母亲怎么了？"

　　"是个慢性病，重症肌无力，也许慢慢发展下去会瘫痪。"

　　"去医院看过没有？"

　　"现在只能药物控制，以减缓病情恶化的程度，但是痊愈……很难。"

　　"怎么会这样？"沈梓瑜心里明镜似的了悟过来。陆怀箫这孩子太不容易了，之前她也知道他有一个脑瘫的哥哥需要他照应。但她觉着问题不大，虽然这个哥哥一辈子恐怕都要跟着他，但也就是请护工花钱的事。平日里照料下亲人也是应该的，而这样的陆怀箫更让她觉得有责任心有担当。但现在他母亲也病了，还是这样的病……一家两个病人，重担都压在陆怀箫身上，他的负担太重了。

"等天气暖和点，我想带我父母出去转转。他们这一辈子还没有去旅游过，我怕以后我妈再想要出去走走，就很难了。"

"好，是要让他们享享福了！"沈梓瑜在心里叹了口气，竟然无言以对。她知道陆怀箫是好孩子，也知道他直接说出家里的困境就是让她知难而退。她虽然喜欢陆怀箫，也一直想要他和毕夏在一起，但在听说这样的困境时，也退缩了。

毕夏可以不用照料陆怀箫的哥哥，但他母亲呢？他们结婚以后，那也是她的母亲……这会让毕夏的生活更加辛苦。

父母之爱子，则为之计深远。当初她想要毕夏和陆怀箫在一起，是因为爱，但现在她迟疑退却了，也是因为爱。

恐怕这也是陆怀箫对毕夏的心意吧。

沈梓瑜更加敬佩陆怀箫，他是真正为毕夏着想，才会隐忍自己的情感。

"毕夏最近好吗？"陆怀箫关切地问，"工厂运行得怎么样？"

"她工作上的事从来不会告诉我，但我知道她最近很忙，再加上允儿的事，她也很担心……"沈梓瑜迟疑一下，还是问了出来，"阿姨向你打听一个人，穆锡你知道吗？"

"穆锡？"陆怀箫不动声色地回答，"以前在米兰的时候见过，虽然看似纨绔子弟，但对毕夏倒是真心。"

"真心？"

"他前些日子给毕夏介绍了一个国际大单，被毕夏拒绝了。"

"她这样做应该有她的道理。"沈梓瑜停顿一下，"这穆锡昨天追到家里来了，看来确实是有几分真心。"

陆怀箫心里一顿，感觉心脏像被针穿插着缝合，千丝万缕地疼。

他并不是圣人，能心甘情愿地将爱情拱手于人，但他的性格里从来没有不管不顾的因子，他冷静、理智，为了爱的人愿意付出和牺牲。所以他在毕夏的事业慢慢平稳后，决意撤出她的生活。

送走沈梓瑜后，陆怀箫站在人来人往的天桥，出神地凝视着灰蒙蒙的天。

他想起回学校重上高三那年，他时时刻刻都提醒自己要珍惜时间，要更努力。他睡得很少，清醒的时候整个人都紧绷着，要背单词要练题，每分每秒都很珍贵。而他对自己最奢侈的一件事就是偶尔课间的时候像这样站在走廊上。

热热闹闹的校园，三三两两的同学，但他只要一眼，就能够在人群里找到毕夏的身影。在那样一个世界里，所有的景象都像是被放大了，关于毕夏细小的枝节，他都能清楚地发现。她的一颦一笑，在阳光下格外绚烂。

他记忆里，每一个遇到她的日子，都充满光和温暖。

这是他晦暗的人生中，唯一安慰的部分了。

而现在，他要看着那些光，慢慢地消散了。

正在出神的时候，他竟然接到了穆锡的电话，他无声地笑了，这个男人比他想象中还喜欢毕夏，所以他这么迫不及待地要来确定他和毕夏的可能性。

陆怀箫选了一家咖啡厅与穆锡见面，还以为他会隔一会儿才到，但原来穆锡就在他公司楼下。他不诧异对方为什么会知道他的电话号码以及他的公司地址，恐怕穆锡早已经将他的履历都调查得一清二楚了。

穆锡比陆怀箫还早地抵达咖啡厅。他坐在窗前，一边看手机，一边端起咖啡抿了一口。

他穿着质地优良的衬衫，气质优雅高贵，一副翩翩贵公子的模样。

"坐。"穆锡说完话，这才抬眼看陆怀箫。

陆怀箫坐定在他面前，穆锡邪魅一笑："从你进来到现在，周围至少有三个姑娘在望着你。"

"你是来称赞我魅力无穷？"

"对手是你，倒让我有些挫败。"穆锡话锋一转，"可是我觉得你跟毕夏，根本不合适。"

"哦？"

"你们太相似了，无论是性格还是处事风格，生活在一起，根本一点乐趣、挑战都没有。"

"我反而觉得这是心有灵犀。"陆怀箫玩味地看着穆锡，"难道这都不叫合适？"

"你们都是工作狂，对事业都太有追求！你们都很有责任心，所以遇到困难都是自己死扛。你们都太逼自己，要求自己不能出一点差池！"穆锡抿了一口咖啡，继续说，"你们两个人在一起，都是在揣测对方，都是坦白一部分，又隐藏一部分……累不累呀？"

陆怀箫沉默了。

"为什么你们认识这么多年都不能在一起？"穆锡卖着关子，但也不等陆怀箫发问，直接回答了，"因为你们的感情没有深到那一步！"

陆怀箫面色愠怒地站起来："你有什么资格评论我和毕夏的感情？你怎么知道我们的感情深浅？我们认识七年，经历的事情不是你能想象的！"

"那为什么，不干脆在一起？"

为什么？

陆怀箫很难解释，也不屑于向穆锡解释。他突然间有些不明白自己，不是决心要远离毕夏吗？为什么在面对穆锡的时候，他内心充满嫉妒和抵触？为什么一向沉稳的自己，此刻心烦意乱到险些失控？

他甚至很想向得意扬扬的穆锡挥过去一拳。

穆锡胸有成竹地望着陆怀箫笑："真相让你伤心了？"

"我爱她。"

"我相信。"

"她……我认为她心里也有我。"

"那又怎样？"

"我们不能在一起，是因为别的因素……"

"如果真正相爱是不会在意年龄、地域、身份、家庭……谁说的，爱跟咳嗽一样，很难藏住。"

"穆锡……难道你觉得她喜欢的人是你？"

"不，她喜欢的人是你，可我爱她，爱到了不顾一切。"穆锡站起身，正视陆怀箫，"我什么也不去顾虑，什么也不去忌讳，更不会犹豫不决，我就是确定这个女人的一生，应该由我来照顾！不管她现在心里有谁，我都不会放弃！"

陆怀箫震住了。

这一刻，他看到了自己的懦弱，看到了自己骨子里的自卑。是的，原来他自以为是的成全，不过是给自己卑微的性格一个借口。他怕毕夏跟他在一起后，对他失望，对他的家人失望。怕他们会为家庭琐事争吵，也怕有一天他们的感情被残酷的现实消耗殆尽。

是他怕呀！他是个胆小鬼，所以才不敢接受毕夏，不敢去开始。

结局是什么？故事的收尾是什么？他不知道，他就已经开始躲避……

陆怀箫发现自己此时无比地讨厌穆锡！

这个男人看透了一切，这个男人也看穿了他！

"陆先生，我会对毕夏倾尽所有，如果你做不到，那由我来照顾她。"

这一刻，陆怀箫有了兵败如山倒的绝望，他知道，他输了。也许从他认识毕夏那一刻起，他就注定将一败涂地。因为他从来不是不顾一切的人，他的心，太沉重了。

即使这样的一份爱，也不能让他敞开心扉。

3

毕夏看着穆锡在厨房里忙进忙出，这画风令她无语，却也让她有些感动。真没有想到公子哥穆锡，那个在米兰时尚界的潮流人物竟然会亲手为她准备一桌年夜饭。

今天是大年三十，穆锡说他独在异乡每逢佳节倍思亲，问能不能和她们一起过节，她没办法拒绝，而母亲也热情地邀请了他。

毕夏对母亲的态度有些狐疑，她不是一向撮合她和陆怀箫吗？怎么穆锡才来几日，就转了风向？难道是因为知道了穆锡的家境，才改变了态度？

毕夏私下里问母亲原因，后者瞪她一眼："你当你妈是只看重物质条件的人？他再有钱对你不好也是白搭，妈妈是被他这份诚心给打动了，再说……"

母亲欲言又止。

毕夏追问："再说什么？"

"再说你和陆怀箫，我看你们现在这么淡，八成是没戏了。"

毕夏心里一阵黯然。她和陆怀箫最近只是因为允儿的事碰过几次面，但除了谈允儿的事，别的相对无言。

可是每每想起陆怀箫拼死救她的样子，她又不愿意相信他对她没有感情。那些孤独寒冷的夜晚，是因为这些温暖时刻让她坚持了下来，可是为什么走着走着，他们就走到这样的境地了呢？

"妈，我只把穆锡当朋友。"毕夏无奈地说，"您就别瞎操心了。"

"感情是可以培养的，你们就先试试……"

"妈！"毕夏皱眉，"他可是花花公子，情史丰富，绯闻一堆，你也不怕我被抛弃。"

"浪子回头金不换，你妈阅历比你深，分辨得清。"母亲拍拍她的肩，"这几天穆锡一大早就到家里来守着，陪我去学京剧，带我去餐厅吃饭，想着法儿地哄我开心，也一直追问你小时候的事。我看他的手机屏都是你的照片……你也知道他情史丰富，一个骄傲的人，一个一直高高在上的人，能为你做到这一步，才更属难得。"

毕夏转身去看穆锡，他戴着围裙，正在切洋葱，因为味道刺激了眼睛，忍不住流泪，连鼻涕都要流出来，这模样着实滑稽。

但她知道，她感动于穆锡为她做的这些，却不会因为感激而付出自己的感情。

因为她的心里已经有了别人了。

穆锡做了一桌大餐，红酒烩牛肉、奶油海鲜汤、鳗鱼烤香菇、松露鹅肝……他还开了一瓶红葡萄酒，立在餐桌前大手一挥："当当当当——欢迎品尝！"

毕夏和母亲看了一眼，都大为赞许。

"不错呢！"

穆锡绅士地替她们拉开椅子，温柔地说："乐意为两位女士服务。"

穆锡为他们的高脚杯里倒上红酒，举起杯由衷地说："我以前最大的愿望是想要和毕夏吃一顿饭，但现在我最大的愿望是能够每天为毕夏做饭。"

毕夏的脸微微一红，不由得打断他："快让我吃饭吧，都饿了。"

"那你尝尝我做的芝士焗蜗牛！"穆锡妥帖地说，"我知道你喜欢吃中餐，以后我会跟着伯母学。"

毕夏艰涩地望着他，欲言又止。她不想在这样的时刻破坏气氛，也不想影响大家的心情，只能沉默不语，心想稍后再跟穆锡谈谈吧。穆锡每天倒也没有缠着她，他知道她忙，只等她回家的时候，跟她道一声晚安就离开了。

靳雯雯有给她打电话，说他们那个圈子都传遍了，穆锡放下一切，去中国追爱了。靳雯雯叹口气问，要不你给他一个机会呢？

毕夏心里幽幽地叹了口气。

"毕夏！"

等毕夏抬头，这才注意到穆锡竟然举着一枚戒指单腿跪在她面前，此刻正放着Beautiful In White（《白色新娘》）：

Not sure if you know this（不确定你是否知道）

But when we first met（在我们初次见面时）

I got so nervous（我紧张得）

I couldn't speak（说不出话来）

In that very moment（在那个特别的时刻）

I found the one and（我找到了我的唯一）

My life had found it's missing piece（找到了我生活中缺失的一部分）

So as long as I live I love you（所以我会用今后生命的每一天去爱你）

Will have and hold you（我会拥有你，紧握你的手）

You look so beautiful in white（穿白色婚纱的你如此动人）

……

Tonight（今晚）

What we have is timeless（我们将拥有永恒）

My love is endless（我们的爱没有尽头）

And with this ring I say to the world（这一刻我用戒指向世界宣告）

You're my every reason（你是我所有的可能）

You're all that I believe in（你是我所有的信仰）

With all my heart I mean every word（我会用心实现我的每句诺言）

……

"我知道你现在不会接受我，我也知道你心里没有我，但毕夏，我选择向你求婚，只是告诉你我的诚意！之前你在米兰已经拒绝过我一次，今天我也一定会被你拒绝，但无论被你拒绝多少次，我也会坚持下去的……"

沈梓瑜看着真诚的穆锡，心里对他的认可又多了一分。

毕夏扶起穆锡，在他的殷切的期许里轻轻地摇了摇头："对不起。"

穆锡将她的手握住戒指，笃定地说："迟早你会戴上它的。"

"好啦，你们俩一会儿吃了饭去外面散个步吧！"沈梓瑜不动声色地说，"听说江边会有烟火表演，毕夏，你不是最喜欢看烟花？"

穆锡心里失望，但也已经有心理准备，他平复心情问道："毕夏，一会儿你陪我去看看吧！这个要是还被你拒绝，那我……我真的会哭的哦！"

他的话惹得沈梓瑜和毕夏笑起来。

沈梓瑜嗔怪道："你这个孩子倒是会撒娇……"

"伯母，有时候想想，要是毕夏撒个娇，那个场面会不会很恐怖？"

毕夏没好气地瞪他一眼。

沈梓瑜也笑起来："她小时候倒是活泼，就是自从……"

沈梓瑜看了女儿一眼，及时转了话题："现在大了，倒越发清冷了。我也知道她现在担子重，压力大，一个人管个厂子不容易，但女儿，事业是事业，生活是生活，别忘了你到底还是个女孩子。"

"妈，我会的。"

等晚餐过后，沈梓瑜就推着他们出去走走，她也知道穆锡来了中国几天，还没有和毕夏单独相处过。

出门的时候，毕夏迟疑地看了手机一眼，她拿起来又放下了。她知道自己在等谁的电话，可是她又讨厌自己等他的电话。她从来就是一个隐忍克制的人，她不想让自己继续沉浸在揣测中。既然陆怀箫对她无意，那她也不会放下自尊去找他。

正在矛盾，手机竟然响了起来，她心里一顿，急切地拿起电话，看到上面是黎允儿的名字。

"出来放烟花。"黎允儿手机那边的语气格外愉悦，"敬嘉瑜和楚君尧也在呢，哦，还有何晨宇。你快来！"

黎允儿报了江边一个地址，也不等她回答就挂了电话。

毕夏扫了穆锡一眼，后者已经穿好外套换了鞋在等她。

她只好硬着头皮请他陪她去见朋友。

"你的朋友？"穆锡一听，整个人都激动了，两眼放光地说，"你是说你要把我介绍给你朋友？"

"只是一起去见见他们。"

"唉，这太突然了，我应该穿得更隆重一些。"

毕夏无语地耸耸肩膀："那你要去吗？"

"去去去！"穆锡生怕她反悔似的，跳到前面，"我当然去呀！来，跟我说说他们是谁，一会儿我在他们面前好好表现一番。"

"穆锡！"毕夏恼了，"你再这样没正经，我就对你不客气了！"

"正经？"穆锡委屈地说，"我刚才对你很正经呀，也没见你对我客气，还不是拒绝我了？"

"你少来这一套，不知道甜言蜜语哄了多少姑娘！"

"看来，我得将我的心剖出来给你看！"说着穆锡从口袋里拿出一把匕首，在毕夏来不及反应之前，一刀刺向胸口。

毕夏惊呼一声，惊慌失措地扑上去查看他的伤口："穆锡，你疯了！你伤哪里了？"

"冷静点！假的！这只是道具！"穆锡看到毕夏吓坏的样子，知道自己的玩笑开大了。这其实是一个打火机，他觉得好玩又觉得拿着可以震慑下别人，刚刚跟毕夏闹着玩，才演了这样一出。

当毕夏确定他没有受伤，再看看那柄伸缩自如的"打火机"，怔了好一会儿才明白过来。

她流着眼泪抬手朝穆锡胸口打过去："你是不是疯了？这种事能开玩笑吗？你觉得很好玩？"

"我就是想看你紧张一下我。"穆锡看她哭，也慌了，"对不起，我幼稚！太幼稚了！"

"你怎么可以开这种玩笑？我以为，以为……"

见毕夏情绪激动，穆锡干脆伸手将她揽入怀中，安抚地拍着她的背："我错了！对不起！"

毕夏却在这一刻情绪崩塌。她忍了很久很久，为陆怀箫的疏远，为压在身上的责任，为过去的种种，还为迷茫的未来。坚持了这么久，她好像走失了，她不知道重开衣雅是为了想要完成对父亲的承诺，还是自己的执念。她觉得累，可这种累却没有了陆怀箫的陪伴，令她无所适从。

她不知道，她被穆锡抱住的一幕恰好落入了一旁陆怀箫的眼里。

世界突然像一场暴雨后的小山坡，轰隆隆地塌方了，那些飞落下来的石块，都朝着他心上最柔软的地方砸了下去。

疼疼疼疼疼。

原来当他决定退出的时候，这个时刻就已经在等着他了，他发现自己竟然一点儿心理准备都没有，痛苦令他毫无招架之力。他无比冲动地想要上前拉过毕夏，想要告诉她，他内心的自卑、他的懦弱、他对未来生活的胆怯……他只是貌似坚强，唯独在感情这件事上，他的心又脆又薄，像一张纸。

他上前一步，可又退后了一步，他抬手朝旁边的树干狠狠打过去一拳，再一拳。

陆怀箫！你是个浑蛋！你自己承担不起毕夏的未来，却又不甘心她走向别人！

他在心里咒骂着自己，也许只有这寂寥的风能听见吧。

当他再次抬眼，只看到毕夏和穆锡乘车离开，陆怀箫没有察觉到，此刻的他已经泪流满面。

吃过年夜饭，父母和哥哥依然按照往日的时间睡下了。陆怀箫的手机上不停地提示有新消息，很多很多的祝福语，可是他只看一眼却并没有点开。再多的祝福又如何？他想要的只是一条而已。他编辑了长长的一段话想要发给毕夏，又删到了最简单的几个字，终于忍不住想要借着新年去见见她。

他想把零点的祝福说与她听，对于新的一年，他愿她岁月安好。

但现在，他迫切激动的心情，已然冷却了。

哦，穆锡。他做到了，他打动了毕夏。

4

黎允儿老远就看到毕夏和穆锡一同走过来，她心里一怔，不由脱口而出："怎么是他？"

楚君尧顺着她的目光望过去，见着穆锡，也有几分诧异："这家伙竟然追到中国来了？"

"谁？"何晨宇的八卦之心被挑起，吹了声口哨，"毕夏的新男友？"

"别乱讲！"黎允儿和楚君尧瞪他一眼，异口同声地说。

敬嘉瑜不由得笑了："你们俩啥时候这么同仇敌忾了？"

"毕夏带他过来，还说他们的关系一般？"何晨宇挑挑眉，"我看那陆怀箫是凉了。"

"别乱说！"这一次，又是黎允儿和楚君尧呵斥了他。

何晨宇双手一抬做投降者："好好好，我都不知道你们俩竟然是陆怀箫的队友！"

穆锡认得楚君尧，也认得黎允儿，自来熟地打起招呼，又对何晨宇、敬嘉瑜自我介绍："穆锡，毕夏的准未婚夫！"

众人一愣。

"穆锡！"毕夏没好气地说，"能不能好好说话？"

"唉，刚求婚被拒绝的人，心情很糟糕……"穆锡捂着胸口，故作垂头丧气状。

"求婚？"其他人都惊讶地望向毕夏。

毕夏脸一红，推着穆锡往后一转："你还是请回吧！"

可她这样小女生的动作在旁人眼里倒觉得稀奇，饶有兴致地看着他们。

正说闹着，江边的烟火秀开始了，璀璨的火花在墨蓝色的天空绽放开来，又在转瞬间消失。

这个冬天的寒气好像都远去了。

此时此刻，毕夏什么也不去想，就这样静静地看着。

因为那些美好，错过将不在。

等烟火秀结束后，整个世界重归于浓黑之中，却有一种更深的寂寥。

毕夏看着黎允儿和何晨宇你一言我一语地互损，想起当年在校园里，他们的青葱时光。他们的世界像四月的阳光一样单纯简单，开着玩笑，发着小脾气，追逐打闹，为一道题算不出来绞尽脑汁，为分数低了点黯然神伤……可现在呢？他们依然说说笑笑，但每个人的心境却早已经不同。

黎允儿越是笑，越是闹，就越是一种掩饰。她不想让别人看出来，但其实大家都知道她心情不佳，而大家也愿意配合着假装不知道。

这就是真正的朋友吧。

黎允儿的手机一直在闪，她没有关机，只是调了静音。

毕夏走到她身边坐下，注视她的眼睛问："为什么不接？"

"骚扰电话。"黎允儿的目光躲闪。

"姚元浩？"

黎允儿耸了耸肩膀，垂下眼："分手了我就不想再做朋友。"

毕夏握住她的手，由衷地说："允儿，别勉强自己。"

黎允儿侧身靠在毕夏的肩膀上，看着江上远处的轮渡，幽幽地说："以前觉得自己喜欢一个人可以勇往直前，现在却觉得没力气了！"

黎允儿轻轻地闭上眼睛，回忆起她递交破产申请的那天。

那个晚上，她最后一次坐在那间办公室里，不知道该如何回去面对父母。他们越是安慰她，她越自责，是她将父亲的事业毁于一旦。虽然父亲说只要一家人在一起就好，可那是父亲几十年拼搏才建下的产业，怎么会不心痛？

没想到姚元浩会来。

黎允儿自从和他分手后就没有再联系，以前她是那么缠人的女孩，什么时候起她变得如此决绝了呢？是她不再对感情孤注一掷，还是她已经懂得趋利避害？不想再让自己陷入争吵、猜疑、冷战、和好，这种周而复始的循环里。

她累了。

筋疲力尽，心力交瘁。

姚元浩说想要和她重新开始……

可是他们之间怎么开始？她已经不是当年那个肆无忌惮的女孩，她现在觉得自己一无是处，只会添乱闯祸。她不想去想感情的事了，她甚至觉得姚元浩此刻提出和好，只是出于同情和怜悯。

"你就是来看我笑话的吧？"她愤懑地冲姚元浩喊，"现在我们家破产了！我把我爸的公司搞垮了，不仅惹上官司还欠下巨额债务！我就是个闯祸精！害人不浅！你还是离我远点！"

"允儿，你冷静点听我说！"

"我们已经分手了！"黎允儿情绪越来越激动，她几乎是歇斯底里地把姚元浩往外面推，"我不想再看到你！你走！走呀！"

她将姚元浩不由分说地推了出去，还将门反锁了，可是并不觉得轻松。

她真是没脸见他呀！那个时候他劝她一步步来，不要激进，她不服气地跟他吵。他们之间根本就没有原则性的问题，却莫名其妙地就分手了。

姚元浩在门外说："允儿，我关心你！不管任何时候，你想找人谈谈，都可以找我！"

黎允儿却只是激烈地让他走。

直到她看到姚元浩离开，这才控制不住地大哭一场。

这些天她一直把自己关在家里昏昏沉沉地睡。她不想醒来，就好像鸵鸟一样把头埋进沙子里，假装自己置身事外。想想，她这样昏沉的时刻在知道自己失聪以后，在弟弟黎梓然去世以后都曾有过……人生到底有多少绝望，到底有多少低谷呢？她讨厌自己，甚至觉得悲观厌世。

今天若不是何晨宇到家里来找她，她还是不想出门。

何晨宇把她塞进车里，跟她说："这些朋友恐怕一年也就聚一次，你能缺席吗？不管怎样，我们共同走过青春，那是有革命友情的！"

可是，黎允儿的心情却像在一片迷雾的森林里，没有一丝光透进来。她就像是被某种野兽盯上，恐惧，惊慌，绝望，却根本不敢发出声来。

怕一出声，就会令那野兽扑过来。

另一边，何晨宇和敬嘉瑜在跟穆锡讨论全球变暖的问题，楚君尧有些无语。

穆锡并不是不学无术的纨绔子弟，他和他们讨论起经济、政治、历史，甚至是一些冷僻的知识，也能说得出自己的观点想法。这令何晨宇和敬嘉瑜赞叹不已，很快就和他熟悉起来……

楚君尧之前对陆怀箫是抵触的，但有了穆锡一对比，他就觉得陆怀箫顺眼多了。穆锡怎么看都有股狂妄嚣张的气势，加上他的身份家境，楚君尧担心他对"追求毕夏"这件事只是觉得好玩，一旦追到也就兴致索然。

可陆怀箫不一样。他为人沉稳，又知根知底，这么多年他对毕夏真心真意。

他心里叹口气，拿起手机继续给米荔拨打电话，却一直显示无法接通。楚君尧真的快要疯掉了，米荔怎么可以这么绝情？说走就走，说分就分，不就是她要回美国吗？大不了他毕业以后也去美国呀！她竟然对他一点儿信心也没有，也没有给他挽回的机会，直接就判了他们这段感情的"死刑"。

这样寂寥的时刻，看着眼前的毕夏，想着遥远的米荔，他的情绪浮浮沉沉，也不由得想起了沈冬晴。他知道她也回来了，跟男朋友裴雨阳一起。

在知道沈冬晴做了高中英语老师后，楚君尧倒觉得这份工作和她的气质形象很搭，她表面有一种遗世而独立的清冷，内心却善良柔软，她会是一位好老师的。

"快看，流星！"何晨宇突然大喊一声。

众人抬起头来却笑了，那分明是在夜幕中孤单前行的一架飞机罢了。

年少的时候，我们曾对远方充满憧憬，想要坐上这样的一架飞机，离开得越远越好。可当我们真的走远了，却发现，其实在校园里的那段时光，才是一生中最平静安好的岁月。可惜，我们都回不去了……

这真是一件令人伤感的事。

第七章

绕不过去的曾经

漫长的冬天终于过去了，三月的阳光依然缺乏温度。

沈冬晴和裴雨阳回上海后，投入了新学期的教学中。今年的除夕她是在裴雨阳家里度过的，他的父母、亲戚还有周遭人都已经接纳了她。他们甚至半真半假地提议，两个孩子的工作都已经稳定下来，也可以准备结婚的事宜了。

沈冬晴尴尬地涨红了脸，裴雨阳了然地嚷嚷："谁要这么早结婚？我才二十三岁呢！怎么也要玩个七八年，不到三十不入围城！"

"我跟你说哦，恋爱越久就越不想婚了！"裴雨阳的表哥突然说了一句，又自知失言，笑着弥补，"不过那是别人，我看你跟你女朋友一定会坚持下去的！"

"当然，我是多专一的人！"裴雨阳揽着沈冬晴，得意地说，"我家冬晴最了解我了。"

裴雨阳的口头禅已经变成"我家冬晴""我的晴"了，肉麻指数要爆表，惹得旁人丢各种嫌弃的眼神给他，可裴雨阳呢，却越发张扬他对沈冬晴的"主权"。

沈冬晴的性格冷傲，在旁人眼里，都觉得是裴雨阳巴巴地追着沈冬晴，而她却不怎么上心。

有次沈冬晴听到裴雨阳一个堂妹对他说："雨阳哥，我觉得冬晴姐姐不怎么喜欢你吧！"

裴雨阳揪着堂妹的一缕头发咬牙切齿地说："你懂什么？喜欢一个人是要嘴巴上说的吗？我家冬晴对我好着呢！"

沈冬晴看着这样维护自己的裴雨阳，心下一阵温暖。她没有了父亲，也没有了母亲，但裴雨阳给了她一个家。

裴雨阳也陪着沈冬晴回了趟乌石塘村，去她父母的坟前祭拜。

每每此时，都令她肝肠寸断，痛不欲生，可逝者已矣，生者如斯，她在痛哭一场后也要擦干眼泪，继续自己的人生。

"沈老师早！"在学校门口，等着沈冬晴的尤薇举起一朵康乃馨递给她，"一个寒假没见，我都想您了！"

沈冬晴接过花，深深地笑了："这真是一份美好的开学礼！"

沈冬晴看着尤薇，觉得她精神状态不错。之前的她满脸忧愁，一双眼睛总是暗淡无神，现在看来她和母亲生活得很平静，心情也开朗了。

"我妈找了一份保险公司的工作，"尤薇亲昵地和沈冬晴朝教室走去，絮絮叨叨地说，"这个工作时间自由，我妈现在有空都陪着我，过年的时候带我去了成都看大熊猫！虽然她已经不记得这是我小学时候的愿望，可能够跟妈妈一起旅行，也很棒。”

沈冬晴知道在差点经历牢狱之灾后，尤薇的母亲刘子容终于醒悟，不想再为离婚的事耗费时间，影响自己和女儿的生活了。

“你爸……”

“我爸没有来找过我。”尤薇说，“我知道他怨恨我跟妈妈站在一起，但不管怎样，他终归是我爸爸，我以后也会照顾他、赡养他。”

沈冬晴欣慰地点头：“以后有任何事都可以来找我。”

“还有雨阳哥哥。”尤薇笑了，“他可比班上的男生帅多了！沈老师，您真幸福！”

沈冬晴以为这件事就此结束，尤薇和母亲开始相依为命的生活，而尤薇的父亲在养好伤以后也会开始新的生活。可是没有想到，因为她和裴雨阳的帮助，让尤祺恨上了他们，特别是在他被分走一套最大的房子后，更是一直难以释然。

他一心想要教训下沈冬晴。

那天沈冬晴下班晚，等她走出学校的时候已经是夜里九点。她朝着地铁站走去的时候，突然从一辆面包车里冲出来两个人，他们拿着事先准备好的木棍劈头盖脸地朝着沈冬晴打过去。她哪里是他们的对手，很快被打倒在地……

事情发生得很突然，前后也就三分钟时间，沈冬晴连他们的长相都没有看清，对方也并没有想要伤她多深，避开了头部，只朝她身上打去。

在他们行凶离开后，才有路人上前查看，沈冬晴已经痛得说不出话来，整个人都蒙掉了。

“你怎样？还好吗——”

旁人的声音仿佛从外太空传来，所有的画面就像蒙太奇一样缓慢，但她心里却很清楚地知道，她遇到了袭击，有人报警了。

当警察来的时候，她已经让自己镇定下来。

那两个人抢走了她的包，看来他们在这里埋伏了很久，遇到独身的她，才伺机作案。警察送她去医院检查，好在除了多处软组织受伤并没有大碍，看来劫匪只是求财。但让警察不解的是，当时他们已经抢走了沈冬晴的包，她也没有强烈反抗，为什么还要殴打她呢？一般的抢劫犯只要达到目的就会赶快逃离现场，但这两名劫匪却对沈冬晴施暴，这不合常理。

警察还是立案了。

等录完口供，警察送沈冬晴回家，她才发现裴雨阳并不在家。

沈冬晴心里一惊,转身下楼,追上送她回来的警察,气喘吁吁地问:"你们刚才给裴雨阳打电话了?"

警察点点头:"当时你在医院我们询问你家属的联系方式……这种事总要告知家属,希望他能到医院来看看。"

"可是他没有来……"

"也许是找错了地方?"

"不,不对!"沈冬晴心里的不安汩汩地涌上来。

"给他打电话吧。"警察安抚地说,"那么大人了不会有事。"

可是裴雨阳的电话一直打不通。

沈冬晴焦灼不安,想要去外面找,可是偌大的城市,她该去哪里呢?警察也只当裴雨阳找错了地方或者路上有什么事被耽搁了。

"回家等着吧,一会儿他就回来了。"警察安抚几句便离开了。

她最担心的是裴雨阳开车的时候出什么意外,要不他怎么会联系不上呢?他一定是听了警察的话就往医院赶……沈冬晴拦了一辆车,朝自己刚刚做检查的医院赶去,但一路上也没有看到他。

沈冬晴跑得满头大汗,又因为受伤每走一步浑身都凑,望着电梯里的自己,她才发现自己衣衫不整、头发凌乱、满脸都是泪——裴雨阳,我害怕!我从来没有找不到你,此时此刻你到底在哪儿?

沈冬晴的心里一直在哭喊,恐惧就像一把刀生生插在她的心里,她想起母亲离世的那个夜晚……之前还好好的,可是母亲睡下后却再也没有醒来。命运总是这样悄无声息地给她一刀又一刀……遍体鳞伤、血肉模糊。

可为什么?她犯了什么错,命运为什么要这样对她?

风声如同呜咽,在沈冬晴听来格外毛骨悚然,她奔跑、呐喊,她声嘶力竭,她绝望疯狂……这一刻的她,就像被全世界都抛弃了。

沈冬晴摔了下去,她看着手掌蹭出血来却一点儿也不觉得疼,她只想要找到裴雨阳!

再一次回到小区,她突然想起似的跑到车库,竟然看到裴雨阳的车还在!

她的心颤了颤,懊恼地怨恨自己太疏忽了,她应该先看看裴雨阳有没有开车出去。沈冬晴沿着楼梯间往上走,果然在三楼的地方看到摔在台阶上已经昏迷的裴雨阳。

他一定是接到警察打来的电话太心急,等不了电梯而进了楼梯间,这才从楼梯上摔了下去。

裴雨阳觉得眼皮很重，可是他能听到沈冬晴的呼喊，他想要回答，但意识一直在挣扎，就是不肯从迷雾中清醒过来。

在梦中，他看到了沈冬晴，阳光下那个修长的身影还是少女的模样，对上她目光的那一刻，他的心依然在怦怦狂跳。

"沈冬晴——"他终于喊出了声音，可是她根本不搭理他。

他只能心急地慌乱地不停地呼喊。

沈冬晴听着裴雨阳在昏迷中喊她的名字，心都要碎了。

在看到裴雨阳摔在台阶上满脸都是血的时候，她的呼吸都停止了，力气仿若被抽走，双腿一软跌坐在地上。她跟跄着扑到他身边——那一刻，她几乎以为他已经死掉了。

她颤抖着伸手去摸裴雨阳的鼻息，感觉到温润的气流，悬着的一颗心稍稍安稳了点。她赶紧拿出裴雨阳的手机打了120急救电话，将他送到医院。

裴雨阳脸上的血已经干涸了，沈冬晴自责不已，她怎么没早一点发现他呢？任凭他在漆黑的楼梯间等待了几个小时。

一想到这里，她就泪如雨下。一边擦着裴雨阳脸上的血渍，一边轻声呼喊他的名字。

医生给裴雨阳照了CT，幸运的是裴雨阳并没有颅内出血，脸上的血看着吓人，但都是皮外伤。他一直昏迷是因为脑震荡造成的。

沈冬晴一遍一遍地找医生确认："他真的没事吗？流这么多血，他也一直不醒！"

"他应该很快就会醒来。"医生笃定地说，"CT很清楚，没有出血点，只是外伤和脑震荡，但是他醒来后，可能会出现呕吐头晕的症状。"

沈冬晴终于放下心来，她坐在他的病床前将他的手贴在自己脸上，柔声说："你吓坏我了，裴雨阳！我真的被你吓到了——"

裴雨阳从昏迷中醒来的时候一眼便望见沈冬晴，意识渐渐聚拢，他紧张地想要抬起手来："你没事吧？"

沈冬晴的眼泪流得更凶了，裴雨阳你这个傻瓜！明明受伤昏迷的人是你，却只想着我。

她摇头，再摇头，泣不成声。

裴雨阳想要挣扎着坐起来，可一阵头痛令他又躺了回去。

"你别动，医生说你脑震荡了！"沈冬晴哭着责备道，"这么大人了，怎么也不好好走路？"

"头晕。"裴雨阳说，"电梯没来，我想走楼梯间，可是突然头晕了……"

沈冬晴一怔，这就是她最害怕的事。裴雨阳因为颈椎血管壁窄造成的供血不足而突然晕倒。今天他是摔下楼梯，如果他在开车呢？又或者他独自去河边了呢？一想到这些她就不寒而栗，抬手紧紧地抱住裴雨阳，后怕道："你以后哪里也不许去，只能在家里。"

"你怎么会遇到抢劫？有没有伤到你？"

裴雨阳拉开她手臂的衣袖检查，赫然看到大片的血紫，心疼极了："医生怎么说？"

"只是软组织受伤。"

"浑蛋！"裴雨阳气极，"我真恨不得揍他们一顿。"

"警察已经立案，会抓到他们的。"沈冬晴伏在裴雨阳的胸口，安抚他激动的情绪，"雨阳，我再也不要跟你分开了！"

裴雨阳揽紧了她，没有注意到她疼得微微蹙起眉。

她轻轻闭上眼睛，感受着裴雨阳的心跳，继续说："我爱你。"

"我也爱你！"裴雨阳深情地回应。

他们的命运早已经密不可分，无论今后是贫穷还是疾病，无论将来发生怎样的变故，他们都会共同去面对。

因为这就是他们最好的爱情。

四十八小时的时间警察就抓到了抢劫的人，这才知道这不是一起单纯的抢劫事件，他们抢走沈冬晴的包也只是为了转移视线。他们是拿了尤祺的钱想要教训下沈冬晴多管闲事。

尤薇知道是父亲找人伤害了沈老师，哭着来找她道歉。沈冬晴知道她也怕父亲坐牢，宽慰地告诉她，她会去写谅解书，不追究她父亲的责任。

三月快过去了，阳光开始慢慢变得温暖起来。

裴雨阳和沈冬晴的生活回归了往日的平静。沈冬晴每天早上上班，裴雨阳会送她到地铁站，等她回来的时候，他也会在地铁站等着她。

他们牵着手，甜蜜而幸福。

裴雨阳说他现在是资深宅男了，沈冬晴连他独自去超市都不许，一定要他等着她下班后和他一起去。她怕他再一次晕厥。即使是他在家里，她课间也会打电话确认下他是否安好。

裴雨阳对此受用极了，被沈冬晴这样关注、这样紧张、这样天天追问着，有时候他像个调皮的孩子，在惹得她有点不高兴的时候佯装头晕求抱抱。这让沈冬晴哭笑不得。

沈冬晴有天接到了杂志主编高凡的电话，她说有个驻外特派记者的工作，想要推荐给沈冬晴。沈冬晴想也没想就拒绝了，她已经不想到很远的地方去了。现在的她，在经历了和裴雨阳生离死别的那一夜后，再也不想跟他分开。

"你是有雄心抱负的人，你也有这样悲天悯人的情怀，去外面的世界看看，对你的心境视野都会有帮助，也会让你拍出的照片更有灵气。"

"我已经很久没有拍照了。"

"Why？"高凡在那边激动地问，"你怎么可以这样浪费你的才华？怎么可以这样放弃自己！你离开杂志社后，我一直在帮你物色一个合适的位置！你是我很欣赏的人！怎么能这样令我失望？"

"我喜欢现在的工作。"

"我承认教书育人很有意义，但三尺讲台很多人都可以站上去，他们指不定会比你做得更优秀！可是做记者，却没有人能比得过你！你更适合做这份工作！"高凡缓缓语气，"你再考虑下吧，这个机会很难得……"

"对不起，"沈冬晴感激地说，"我知道您是为我好，但事实上并不全是因为我喜欢现在的工作，还因为我不想跟男友分开。"

"爱情这么重要吗？"高凡难以理解，"对于女人来说，爱情的感觉也许有一天就消失了，但事业和财富地位，才是真正属于自己的东西。"

"对我来说，他比一切都重要。"

"你这个年纪吧……"高凡有些轻蔑地笑了，"年轻的时候都是爱得刻骨铭心，不顾一切，但等你到了我这个年纪，你才知道这是傻！"

"可是我还没有到您的年纪……"沈冬晴淡淡地说，"我不会后悔自己的选择。"

"好吧！"高凡无奈地笑了，"希望这值得。"

沈冬晴在心里轻轻地回答，值得。她相信，直到天荒地老，她和裴雨阳都会这样相爱，这一生，她遭遇太多不幸，但只有爱救赎了她。

爱，能够拯救最悲痛的心，也能治愈所有的伤口。

3

黎浩天是在三月的一个早晨被警察带走的。

黎允儿听到动静下楼的时候，看到警察竟然给父亲戴上了手铐，她蒙了，冲上去拉住父亲："你们为什么要抓我爸？他做什么了？"

从外面买菜回来的甄岚看到丈夫手上的手铐，惊得菜篮掉在地上，顿时脸色惨白，身体摇晃。黎允儿赶紧过去扶住母亲。

警察出示一张逮捕令，义正词严地说："'瑞鑫'公司在经营过程中，违反了《公司法》的有关规定，现以渎职罪将其逮捕……"

"渎职？我爸已经很久没有去公司上班了！"黎允儿激动地喊，"公司的事务都是我在处理，你们来抓我走呀！"

"允儿！"父亲厉声打断她，"我是公司的法人代表，公司出事理应由我承担！"

"爸！"黎允儿冲上前对警察说，"抓我！抓我走！跟我爸没关系……"

"允儿！"母亲拉过她，哽咽一声，"你别说了！"

黎浩天怕女儿再冲动，只能板起面孔呵斥道："有这个工夫哭闹，不如赶紧去找个律师！还有你妈，她血压容易高，你就别再给她添乱了！照顾好你妈！"

"爸！"黎允儿哭喊着，"我错了！爸爸，我错了！"

母亲拼命地拽住她："你爸是法人代表，公司的事只能由他承担！你去了也于事无补，乖，我们找律师！先看看怎么回事！"

眼睁睁看着父亲被警察带走，黎允儿跌坐在地上。她害怕，她自责，她觉得天都要塌下来了……父亲已经快六十岁了，风湿严重，如果他腿疼怎么办？一想到这里，她抬手狠狠扇了自己几个耳光。

"允儿！"甄岚抓住女儿的手，"哭有用吗？这个时候了你怎么还长不大呀？擦干眼泪，我们来想办法！"

黎允儿只觉得五内俱焚，痛不欲生——也许母亲说得对，她就是一个长不大的孩子呀！在这种时候只会哭。

黎允儿去找了公司的齐律师，由他出面去打听事情的原委。

黎允儿申请破产后，清算小组对瑞鑫做了资产债务评估，他们觉得瑞鑫公司的法人代表没有及时申请破产，导致企业职工、社保和税收、其他债权人的损失进一步扩大。而且在杨振的网络诈骗案里，瑞鑫公司也涉嫌非法集资的过失，所以根据相关法律，法院下达了对瑞鑫公司法人代表黎浩天的逮捕令。

"非法集资？"黎允儿一听就蒙了，"我也是被杨振给骗了！是他拿了公司的资料去诈骗，我不知道这是个陷阱呀！"

"需要证据。"齐律师告诉她，"根据检方提供的证据，其实在宜信撤资的时候公司已经负债累累，但你用抵押贷款等方式获取周转资金，这让债务更加扩大化。甚至员工的社保也已经几个月没有交了……"

黎允儿头都要炸掉了，周围都是嘈杂的尖锐声响，它们在提醒她，瑞鑫公司走到这一步，是因为她做了一个又一个错误的决定，而她还将父亲亲手送进了监狱，要父亲为她的错误负责。

"我只是想让公司经营下去！"黎允儿虚弱地说，"我不知道会这么严重……"

她闭上眼睛，真希望这只是一个可怕的梦。真希望她睁开眼睛的时候，时光可以倒流。真希望这一切都不要发生……

齐律师还在跟她说着什么。她咬着嘴唇，没有点头，也没有回答，只是呆呆地沉默着……眼泪像豆子一样吧嗒吧嗒地往下掉。

她的心太难受了。

当姚元浩出现在黎允儿面前时，她缩成一团，就那样靠在墙角一动不动。

甄岚冲着姚元浩无可奈何地摇摇头，轻叹一声就离开了房间。自从齐律师走后，黎允儿就把自己关在房间里不吃不喝。毕夏来看她，她也是沉默不语，谁跟她讲话，她都是这样恍惚的样子。早上的时候她浑浑噩噩地从台阶上摔下去，磕到了膝盖。虽然甄岚赶紧将她扶了起来，她却不让母亲查看她的伤口。甄岚没有办法，便给姚元浩打了电话，也许他能劝劝她。

她知道女儿心里苦，知道她自责懊恼，可是事情已经这样了呀！她天天关在家里闷出病来该怎么办呢？

姚元浩坐到她身边，将她的裤子卷上去，膝盖处几道伤口触目惊心。

他用甄阿姨给他的棉签在碘酒里蘸了蘸，轻轻地擦拭着。

黎允儿疼得往后一缩。

"别动。"姚元浩的眉心皱起来，温柔而仔细地将她的伤口清洗消毒好。

黎允儿望着他专注的侧影，眼泪扑簌而下。

清洗好伤口后，姚元浩轻轻地握住她的手，柔声说："对不起，看到你受伤，我却什么忙也帮不上。"

被他滚烫的双手牵住，有暖意慢慢渗透进她的身体，沿着血液朝着心脏的方向流淌。黎允儿将脸枕在他的手上，闭上眼睛，任凭眼泪滑落。

"我知道你很自责，对，你真的很蠢……"

黎允儿咬着下嘴唇，一声不响地沉默着。

姚元浩继续缓缓地说："你太幼稚了，所以才会轻信了杨振！你也太盲目了，所以在出现问题的时候根本不管不顾。还有，你太顽固了，谁说的话你都不听！真的，黎允儿，我觉得造成今天这个局面的罪魁祸首就是你！"

黎允儿有些恼，想要抬起头来，被姚元浩简单粗暴地用手按住。

"可是就算你在这里消沉到天荒地老，又怎么样呢？只能证明你不仅蠢还很脆弱、可笑……"

姚元浩顿了一下："瑞鑫就不破产了？黎叔叔就会回来了？不会，这些都已经发生了！"

黎允儿忍无可忍，一把推开姚元浩："我不是小孩，激将法不管用！"

"那你现在难道不像个孩子吗？"

黎允儿怒目相向。

"只有孩子才会在闹情绪的时候不吃饭。"姚元浩微微一笑，"先下楼吃点东西，你这样甄阿姨也会很担心。"

"不要你管！"

姚元浩去拉她，她硬着胳膊，可他还是不由分说地将她从沙发上拉了起来："你要是病了谁去替黎叔叔打官司？你得打起精神来，这是一场硬仗！"

黎允儿甩开他的手，朝后面退了退，咄咄逼人地说："你现在一定很得意吧？觉得我当初不听你的，执意要推进节能项目……"

"难道你看不出来我在关心你吗？"

"我们已经分手了！"

"在我心里，我们只是分开了！"

"这有区别吗？"

"分开，只是暂时的！"姚元浩深情地望着她，"允儿，我们……"

"别把自己当救世主！"黎允儿激动地望着他，"你以为我现在落魄了，一无所有了，需要你的安慰和拯救吗？不，姚元浩，我们已经分手了！我现在只想一个人待着！静静地待一会儿！你就别在这里烦我了！"

"允儿，你能不能听我说——"

可此时的黎允儿已经厌弃自己了，她觉得自己还有什么资格获得幸福和快乐呢？一想到父亲被收押，她就心如刀绞，食不知味，夜不能寐。但姚元浩说对了，她不能像个孩子一样闹情绪，这样只会让母亲更加难过。

她在姚元浩离开后，换了身衣服下楼，她抬手揽住母亲，深情地说："妈，对不起！我闯了祸还要您担心我……"

母亲轻轻摩挲着她的头发，暖暖地说："因为你是我的宝贝女儿，所以妈妈永远都会站在你这边。没有什么过不去的坎，爸爸妈妈陪着你呢！"

黎允儿想起十六岁那年的自己，青春飞扬，最烦恼的事只是父母要送她出国。可是后来经历了那么多事，才知道年少的那一段其实是一生中最轻松美好的时光，而那时的感情也最为纯粹，有着"我喜欢你只是我的事"的执着。

现在的她，变得连自己也陌生了。

此刻夕阳从窗外照进来，在房间里来回折射，笼罩着这对母女，温暖极了。

4

毕夏在车间里检查这一批成品的产品质量的时候，心情越来越凝重。

衣服有明显的问题，面料上存在抽纱、飞纱、色纱的问题，而辅料上，也有扣子大小不符合要求、扣不牢固等问题。更让她生气的是，成衣的对称部位，领口不够圆顺，衣角也有高低不平的现象……

毕夏让领班通知大家暂停工作，她要开会。

等员工围拢在她身边，毕夏拿起一件成衣交给曲领班："你来检查一下这件衣服有什么问题。还有你，你，你们都过来看看，这些衣服是否合格。"

几个检查的员工面面相觑，在毕夏的追问下却谁也不敢接话。

"我一再强调不要只追求效率，还要注重质量！这样的成衣交上去，合格率会是多少？退货多了，谁还会在衣雅定制衣服呢？"毕夏环顾四周，语气越来越严厉，"从今天开始每个人的计件交由各组领班统一检查，检查没有问题才计数。如果交出去的产品退货率高于百分之三，那就扣领班的工资！"

几名领班心下一顿，曲领班忍不住嘟囔一声："差不多就行了呗。"

"怎么叫差不多就行了？"毕夏忍无可忍，厉声道，"前几天出厂的成品检验退货率是百分之十五，还有上星期一交的胜美外贸的成衣，次品达到百分之三十！从今天开始，我要严格把控成衣质量，采购部在选择布料的时候要注意色牢度、pH、甲醛、缩水率等！每种布料要把样布和检验报告交给我审核；加工部要注意外观检验、尺寸检验、辅料检验、工艺检验，以及绣花整烫检验等！随后我会出一个标准，如果出现大计件的不合格，那扣工资奖金，如果再出现同样的问题，直接开除！"

话音一落，员工们一片哗然，他们虽然窃窃私语，但毕夏也听到了他们的不满。

"就二十多个人，秋冬装款式复杂，辅料又多，一个人每天最多能完成五件，如果还要把退货率算给我们，那不是白给她打工了？"

"是呀，这不是压榨我们吗？"

"我在别的服装厂也待过，老板可没像她这样苛刻！"

"工资虽然开得比别家高点，但这要求也太高了！这不就是变相地扣我们的劳动所得？"

……

毕夏微微咳嗽一声，严厉地看着员工们："如果大家不把这份工作只当作谋生的手段，而当成一份事业来做，在衣雅的发展空间是很大的！如果你们只是混天度日，那对不起，我只能请你另谋高就。"

停顿一下，毕夏缓缓语气："衣雅现在是小公司，一点的损耗都会增加成本，影响公司的运作，我希望大家能和我齐心协力，一同把衣雅发展起来！衣雅若是壮大，你们都是功臣，我不会亏待大家。"

毕夏知道其实公司的管理存在很多问题，因为人员吃紧，所以很多部门都没有建立和完善，各个部门之间的对接也存在问题。而下面的裁剪工人、缝纫工人、熨烫工人也是很缺熟手，大部分新手都存在磨合的过程，这也让成衣质量很难把控。

衣雅建立初期的平稳已经不复存在，在运营中出现的一个又一个问题令毕夏焦头烂额。除了人手不够、管理混乱、员工懈怠，竟然还存在派系斗争。人事纷争不断，采购部的三名员工原本是父亲那时候的老员工，现在居然出现了中饱私囊的情况，她为了大局只能暂时姑息……

开会后没多久，曲领班就敲开毕夏办公室的门，双手插在兜里，稀松平常地说："毕总，不好意思，我家里老人病了，从明天开始没法上班了。麻烦你让财务给我结算下工资。"

毕夏一怔："明天？"

"我也知道应该提前说一声，但老人突然病的，我也没办法。"

毕夏心里清楚，她此刻来辞职带着要挟之意，对于今天出台的管理意见，影响最大的就是他们领班了，他们放松了自己会扣工资，抓紧了又得罪人。

"那好吧。"毕夏简单利落地写了个条子让她交给财务，批准她的离职。

毕夏的干净利落倒是让曲领班措手不及。她自持是熟练工，带了好几个徒弟。而且现在衣雅工作这么紧，很难招到熟工。她以为毕夏会劝慰一番，然后再对管理制度改变一下，可是才二十岁出头的毕总真是太沉得住气了。

曲领班心里有气，回到车间好一阵煽风点火，引得员工对毕夏纷纷有了抵触情绪。都觉得毕夏压榨员工，以提高检测标准来克扣工资，这样一来他们的收入都会减少。

曲领班说，服装厂那么多，何必在这里待着？明明就是个小作坊，还整得自己多大牌，想要走国际路线呢！

这样一来到了下班时间竟然有七八个员工来找毕夏辞职，其中多是熟手。如果她们一走，那目前的订单根本完不成了。她只能告诉她们，如果辞职，她们不仅拿不到违约金，还要赔偿公司。她们若要辞职必须得提前一个月申请。

虽然她们暂时留下来了，但一个月以后呢？毕夏现在除了招人，也束手无策。她知道自己很欠缺管理方面的经验，之前在米兰学的是设计，擅长的都是一个人单打独斗，可是如今她作为一个管理者，若是没有号召力，很难形成自己的企业文化和凝聚力。

她在考虑要不要找一个更专业的人来管理公司。

下班的时间母亲给毕夏打电话，提醒她准时回家吃饭，今天晚上是给穆锡饯行。穆锡明日将启程返回米兰。

毕夏对穆锡还是有些歉疚的，他到中国二十多天，她也没有尽到地主之谊。穆锡说他的祖籍是浙江嘉兴的，小时候看过爷爷的画册，对西塘颇有好感，想让毕夏陪他去西塘寻寻故乡的气息，毕夏也没法脱身，只能周末抽了一日带他在江城逛逛。

穆锡便自己去了西塘几日。

毕夏将工作交代下就准备下班，没料到穆锡已经在大门口等着她，他穿着一身挺括的藏青色西服，倚靠在车前摆深沉状，那姿态老套又可笑。

毕夏忍俊不禁："穆锡，你真够幼稚的！"

"我当你夸我了！"

毕夏瞪他一眼："脸皮可真厚——这句话我是真夸你！"

"谢谢夸奖，现在请我的女王陛下上车！"

毕夏无声地笑了，坐到副驾驶的位置。

"这次中国之行我最大的收获就是得到了你母亲的认可！"穆锡得意扬扬，"你看，她亲自做了一桌的菜，还把车借给我，让我接你回家。"

"穆锡——"毕夏为难地望着他，艰涩地说，"别对我这么好！"

"有没有被感动到？一丢丢？"穆锡一边开车一边期许地望着她。

毕夏沉默一下，轻轻点点头。

穆锡兴奋不已，大喊一声："我就说精诚所至，金石为开！你早晚会爱上我——"

毕夏刚想说什么，穆锡突然低喊一声："糟了！"

毕夏一看，前盖处冒出浓烟。穆锡紧急刹车停到路边，上前查看，又对毕夏说："后备厢！帮我去后备厢拿下工具。"

毕夏匆忙打开后备厢，突然间弹出来的气球令她一怔，再一看，满满一后备厢的鲜花，粉色的气球上写着：毕夏，我爱你！

穆锡笑着探出头来："是不是又被感动了？"

"幼稚！"

"表达爱的方式，即使幼稚也很真诚。"

"穆锡，你真是超级幼稚！"

"在你面前，我觉得自己就是幼稚得像个孩子，会紧张，会不安，会因为你对我笑一笑而狂喜，又会因为你对我冷漠而抓狂！我知道，有句歌词说相聚离别总有时候，我应该在你离开，在你拒绝的时候潇洒转身，但毕夏，我觉得我这长长的一生，好像就为等你来！就像那些充满阳光的日子，或者乱风下雨的日子，我坐在办公室里开会，可我满脑子都是你，等着见你……毕夏，试着接受我，好不好？不要让我这颗心再疼了——"

面对穆锡的深情表白，毕夏却只能垂了垂眼道："对不起！"

"那个陆怀箫根本就不合适！"穆锡的心被刺痛了，他深情地望着毕夏，"对，你们相似、默契。但你需要的，是一个能将你点燃的人！你沉默，而我热烈，我们看着不同，但我会带你翻山越岭去追逐各种风景，或者任何这世上美好的事物！而陆怀箫被困住了，他就只能在他的那方天地里墨守成规——"

"这有什么不好？"

"你的一生不该这样平淡，毕夏，我爱你的方式，是你需要什么，我就给你什么！"穆锡平静而坚定地说，"陆怀箫他做不到！"

毕夏从来没有见过这样的穆锡，他坚毅深情的眼神，令她感动。她不是一个狠心的女孩，这么久以来穆锡为她做的一切，她都感受得到，但她清楚地知道，自己喜欢的人不是穆锡，所以在她的感情世界里，他永远只是一个局外人。

"谢谢你对我这样好，但……"

"别说但是，"穆锡哀求地看着她，"能答应给我一个机会吗？我只要一个机会，如果下一次我来中国，你和陆怀箫还没有开始，那试着跟我交往，好不好？"

"我跟陆怀箫怎么会开始？"毕夏黯然地说，"他根本对我无意。"

穆锡想要反驳毕夏，在他第一次见到陆怀箫时，就嫉妒得发狂。这个男人明明就喜欢毕夏，因为他的眼神藏不住，他的目光一直追随着她，举手之间的细腻温柔，这些难道都不是爱吗？也许当局者迷吧，毕夏没有看透。

穆锡不打算点破，因为他真的觉得陆怀箫不是适合毕夏的人，那个男人太沉重了。

第八章

我们分道扬镳

毕夏在数十份的求职简历里选择了方奕晨。他三十二岁，有过五年外企职业经理人的从业经验，履历很漂亮，面谈过后，毕夏也觉得不错，只是对他提的薪金有所迟疑。

他要求的是年薪，而对于还没有试用过的员工，就开出数十万年薪，无疑是一次冒险。

方奕晨对她说："别看职业经理人就是管理，但要练就的可是十八般武艺，要人员把控、产品把关，还要做各种活动策划、品牌推广，除此以外，人脉要广，各种品牌商、原料商、商场、超市，乃至各家媒体都得认识人，这样才能将我们的服装局面打开。可想而知，我承受的压力也很大，但是恕我直言，没有高价诱惑，势必会让有能力的人看不上企业，而企业也看不上低能者，招不到靠谱的人才。"

毕夏思忖一番，决定还是先聘请方奕晨。

只是没有想到方奕晨刚一上任就辞退了好几名员工。包括采购部的三名员工，因为方奕晨要求他们将客户资料统一交给他管理，并且提出要他们把成本再控制一下。这些毕夏早已清楚，只是怕动了采购部人员的利益，会影响他们的工作积极性。除此以外，方奕晨还重新规划了剪裁工人、缝纫工人、熨烫工人和质检工人的岗位分配，以一级监督一级的方式进行奖惩，这使得内部矛盾特别激烈，才执行一个星期已经有了几次争吵以至于打架的事件。最后又是辞职几人。

"不要紧，"方奕晨自信满满地说，"所有的政权建立之初都会有牺牲，只要给他们足够的利益，这一套规章制度就会被建立起来。"

毕夏无言以对。她觉得他说得不对，员工的流动性太大根本就不是一个好现象，这会让人心涣散，也影响了整个公司的稳定性。但现在的她进退维谷，只得安慰自己，也许是她错了，应该用人不疑，既然选择了方奕晨，就应该放手让他去做。

只是现在公司的状况已经非常不乐观，很多次，她都想要给陆怀箫打个电话，可是手指在屏幕上举起，却始终没有按下去。

事到如今，她要怎么和他相处呢？他对她好的时候是真好，在她难过无助的时候也是因为有他的陪伴，她才坚持下来，这些都让她始终对他充满感激之情，如果……如果这就是他的决定，那她懂的。

这世间已经有了那么多分道扬镳，她和他，就这样带着祝福相忘于江湖吧。

过往的种种是一封失效的旧信，那也没有必要再去打开重新翻阅。

只是有一天，她开着车在穿过十字路口时，恍然觉得前面斑马线上的一个人很像陆怀箫，她的心猛地一震。

但也就是震了一震。

她早已经学会了忍耐，不任性，不哭闹，静默以对。即使她心里在思念，在等待，在期盼，但这些都被她很好地收拢起来了。

她是毕夏呀！她一直是态度笃定的人，有自己的骄傲，有自己的坚持。

这天，毕夏在电脑上收到楚君尧发来的一个文件，她不解地发了一个询问的表情。

"打开来看看。"楚君尧说。

毕夏狐疑地打开文件，发现竟然是一个翔实完善的管理APP，针对他们服装厂的管理层和员工都有明确的职责分工，以及相对应的绩效奖惩。最令毕夏觉得眼前一亮的是，楚君尧提出了一个全员股份制的想法，公司分若干股，分给每一位员工。比例根据职位、工作年限和绩效来决定，这和年终奖息息相关。这就极大地激发了员工工作的热情。

毕夏觉得这个构想太棒了！她以前一直想的是管理员工，但从来没有想过要由员工自己来管理公司。

他们各司其职，既少了员工间为利益大打出手，也避免了派系的斗争。这个岗位你做得好，那一年后股份高，奖金分红也高，逐年增加。

这也很好地调动了员工的积极性，避免了人员的流动。

"楚君尧，要我怎么感谢你？"毕夏动容地说，"这个APP可不是一日就能完成的，这么详细，必然是要对方方面面都很了解，而你的专业也不是管理和经济呀，并且对服装厂的事更是不了解。"

"诚意加上用心。"楚君尧说，"知道你最近的困惑，我也只能帮你到这了。"

"这帮了我的大忙。"毕夏由衷地说，"谢谢你，楚君尧。"

"其实……"

楚君尧欲言又止。

"其实什么？"

"没什么，其实还有些不完善的地方，或者你觉得哪些细节要改进，我可以调整程序。"

"已经深得我心，比我想得更为周全。公司目前有订单，只是内部问题太多……"毕夏叹口气，"我一个人也是力不从心。"

"我建议你还是辞掉职业经理人。"

"方奕晨？"

"目前来看他并不胜任这一职位，我倒觉得他华而不实，好大喜功，过于激进。"

"可是我确实需要有人管理。"

"黎允儿呢？"

"允儿？"毕夏一怔。

"她有管理经验，而且我相信在经历这些事后，她会比以前更成熟。"

"不，我不是担心允儿的能力，我是觉得她会愿意吗？黎叔叔的公司那么大，她会愿意来我们这样的小公司吗？"

"这个你应该亲自去问她。"楚君尧说，"你和黎允儿性格互补，你静她动，一个主内，一个主外，我倒觉得是很好的搭档。"

毕夏心里一热，再一次说："谢谢你。"

她没有想过，有一天她会和楚君尧这样坦诚而平静地聊天。想起他们分手时，她心里多憎恨他呀，她也曾经想过跟他老死不相往来，但没想到经年过去，他们的感情沉淀下来，成了最纯粹的友情。她在青春里，喜欢过这样一个人，实在是一种幸运，即使他们分开，她亦无怨无悔。

四季更迭，岁月如梭。他们这群朋友，即使散落在天南地北，但始终如当年那样真诚相待，这也许是毕夏成长中最幸福温暖的一件事了。

2

四月的江城还有丝丝寒意，黎允儿度日如年。父亲已经被关押四十多天，她给他请了最好的律师，也筹措了一部分资金对债务人进行积极的赔偿。

有一天，黎允儿去宜信创投找高志翔谈债务的事，进门之前她已经提醒自己要保持冷静，不能对高志翔态度恶劣，毕竟他们宜信创投也是瑞鑫的债权人之一。

可是黎允儿一见到高志翔就忍不住脸色一沉，公事公办地拿出一沓资料："高总，这是我们瑞鑫出的赔偿方案，您先看看，如果有问题我们再商议。"

高志翔没有接过资料，直视黎允儿："关于你父亲的事，我很遗憾。"

"谢谢您的关心。"黎允儿讥诮地说，"宜信创投没有要求我方赔偿全部损失，已算是格外开恩了。"

"允儿，我一向觉得你公私分明，但这次是两个公司的事端，牵扯到董事会的利益，并不是我个人能够左右的！"

"是是是！"黎允儿针锋相对，"高总的行事作风一向公私分明，是我这个晚辈心眼太小了。”

高志翔叹口气：“你又何必如此？”

黎允儿把文件放到他桌上，抱着胳膊笑了笑：“对不起，我就是一个心胸狭窄的人。”

黎允儿说完后，不等高志翔再说什么，便转身离开。

出门的时候她看到关勤，没好气地瞪他一眼。关勤一怔，追着她到楼下。

“你刚才跟高总吵架了？”

黎允儿冷哼一声，瞟了他一眼：“你多虑了，我只是来协商债务的事。”

“你知不知道我们宜信不是你们的债权人了？”

黎允儿不由得停下来，诧异地问：“你说什么？”

“清算小组是根据报表将我们列为债权人，高总一直在斡旋此事，并且在董事会上提出自掏腰包填补这一部分损失。”

“啊？”黎允儿一怔，“我不知道……”

“他对你，”关勤停顿一下，“高总对你不同。”

黎允儿困顿地朝楼上看了一眼，随即转身朝楼上跑去。高总的秘书看到她去而复返有几分错愕，但也没有阻拦——公司里早传开了，高总在董事会上冲冠一怒为红颜，真是帅呆了。

黎允儿推开门，心在怦怦地跳动，正在看文件的高志翔抬起头来不由得笑了：“知道冤枉我了？我不接受道歉——”

“那请你吃饭？”

“这么没诚意？”

“你想怎样？”

“做我女朋友。”

黎允儿瞪他一眼：“你这是乘人之危！”

高志翔从桌子后面绕过来，握住她的手：“我对你很有诚意。”

“让我想想。”

“有些人错过就不再。”高志翔一副胜券在握的样子。

她别转面孔，迟疑地说：“高总，请你给我一点时间。”

“好，我不逼你。”高志翔望着她笑，那笑容有着成熟男人的独特魅力，令黎允儿一下子怔住了。

这一次黎允儿转身离开，比之前走得更急了。

　　她开着车心乱如麻地行驶在马路上，她知道自己已经和姚元浩结束了。可是她的脑海里却一直回荡着他的话："不，不是分手，只是分开。"

　　她要和姚元浩破镜重圆吗？年少的时候，即使她知道姚元浩喜欢毕夏，却依然舍得付出所有，深情以待。可现在，时光荏苒，她长大了，却开始计较感情里的得与失。

　　在经过一条马路时，她看到一个女孩蹲在那里，她衣着单薄，头发凌乱，拿着手机一边说话一边哭泣。

　　黎允儿听到了她一字一顿说的话："我不甘心！"

　　行色匆匆的马路上，那个女孩的话一直在飘荡，等到黎允儿察觉，才发现她已经泪流满面。

　　我不甘心，

　　我不甘心付诸了一整个青春的感情草草结束。

　　我不甘心，

　　我不甘心深深爱过的人最终的结局是分离。

　　我不甘心，

　　我不甘心一直坚持的不离不弃难忘难舍竟然是妄想。

　　我不甘心，

　　我不甘心我们曾经的美好竟然败给了时间。

　　原来爱情里最难的不是相爱，而是那份离开的勇气。

　　事到如今，她依然没有放下。

　　几天后，法院宣判了。

　　瑞鑫公司和所有的债权人达成和解，他们不追究瑞鑫公司的民事责任，并且由于瑞鑫公司在破产案上的积极配合，也没有查出偷税等重大违法事件，所以黎浩天被当庭释放。

　　因为杨振一直在逃，暂时还不能洗清瑞鑫公司和网络诈骗案的嫌疑，黎浩天被法院下达了禁止出国令，这一案件还有待审理。

　　宣判结束的时候，黎允儿和母亲抱在一起喜极而泣。因为在羁押期间黎父只能见律师，所以这次在法庭上还是自父亲离开家后，他们第一次见面。

　　黎允儿看着父亲，他瘦了，憔悴了，头发花白了大半，佝偻着的背已经有了老态。

　　她握着扶栏的手紧了又紧，拼命地把眼泪忍回去，给转身望着她的父亲一个安慰的笑容。

"爸!"等父亲走向她们，黎允儿冲过去一把抱着父亲，泣不成声，"爸，让您受苦了! 对不起，都是我的错……"

父亲拍拍她的肩："爸爸不怪你，这是你成长的必经之路!"

"老黎!"甄岚动容地望着丈夫，后者抬手将她和女儿一并抱住。

毕夏看着他们一家三口团聚，湿了眼眶。如果故事的结局都是大团圆该多好呀，这让所有的折磨和痛苦都变得值得。

坐在后排的陆怀箫一直默默地望着毕夏，他已经很多日子没有见过她了。他有满腹的话想要对她说，却不知如何开口。

当他默默转身要离开时，黎允儿一眼便看到了他："陆怀箫!"

毕夏垂了垂眼。

陆怀箫朝他们走过来："黎叔叔，事情总算尘埃落定……"

"爸!"黎允儿迫不及待地说，"真是多亏了陆怀箫! 很多债权人都是他替我去谈判的，这才能够协商一致。还有楚君尧，他找来很多案例，给律师很多意见，还有毕夏、何晨宇、敬嘉瑜……他们都为瑞鑫的事出钱出力，爸，虽然我有很多缺点，但我有一个优点，就是很有眼光! 我交了这一群好朋友!"

黎浩天看着激动的女儿，欣慰地笑了："好，你们都是好孩子!"

"爸!"黎允儿愧疚地说，"您不怪我吗? 我害得公司破产，也让您……"

"钱财乃身外之物，爸爸这个年纪早已经想明白这些，但允儿，代价已经够了! 这种错误只能犯一次! 你必须得成长起来，以后遇到任何事都要冷静理智。"

"我知道了!"黎允儿挽住父亲的胳膊，又握住母亲的胳膊，对陆怀箫说，"大恩不言谢，改天我再请你吃饭! 一会儿先送毕夏回家。"

母亲微笑着说："别改天了，今天都到家里吃饭吧! 阿姨做些菜好好感谢你们!"

"好好好!"黎浩天说，"一起去家里! 看着你们这些孩子，个个这么优秀出众，叔叔真觉得老了，以后这天下就是你们的了!"

"元浩，你也一起。"甄岚看着一直站在外围的姚元浩，笑着说。

姚元浩下意识地望了黎允儿一眼，后者不置可否，姚元浩也就欢喜地跟着他们一起。

3

聚会以后，毕夏要先离开，黎允儿连忙给陆怀箫递了个眼色。

陆怀箫站起身对毕夏说："我送你吧!"

毕夏淡淡地看了他一眼："不用了。"

等她跟黎父黎母打过招呼，走到门口看到陆怀箫已经站在那里，他穿着V领背心，翻出白色衬衣，有种敦厚孤独的气质。他一向如此，沉默寡言，内敛稳重，即使是跟熟悉的人在一起时，他也像个旁观者。他没有楚君尧的开朗，也没有穆锡的豪放，他的眉眼之间有种难以言说的忧郁，即使成年以后，也没见他开怀大笑过。

陆怀箫，总是这样令她心疼。

天边有一团火烧云，层层叠叠地被金色、黄色的光晕笼着，显得格外厚重。

陆怀箫走在前面，毕夏故意放慢脚步，跟在他身后几步远的位置，缓缓前行。她看着陆怀箫的背影，有一种突如其来的感动，虽然他从来没有说，但他一直在做呀，对她好。一直默默地对她好。

这个坚实的背影就像一盏灯，亮在她人生中无数个黑暗的时刻。

"陆怀箫。"

他立刻停下来，回转身望着她。

"为什么要送我？"

陆怀箫不解地望着她。

"楚君尧已经告诉我了，那个APP的所有构思都是你提出的。"

陆怀箫一怔。

"你关心我？"

"自然。"

"你想说因为我们是朋友？"毕夏讥诮地反问，"这样的朋友真好呀！会因为我一个电话就到北京来看我，会几次为救我命也不顾，还会为我工作上的事绞尽脑汁地想出解决方案……陆怀箫，承认你爱我很难吗？"

这一刻，陆怀箫几乎脱口而出的表白，又生生地压了下去。

周围很静。

他听清楚了毕夏说的每一个字每一句话。

他想起他逼仄陈旧的家，想起他负担累累的人生……

如果他上前一步，毕夏会在他怀里，但毕夏也会和他一样置身在这样虚浮的灰蒙蒙的空中。

那个耀眼、闪亮、明媚的姑娘，他没有勇气拉她到自己真实的生活中来。

"陆怀箫，我只给你最后一次机会。"毕夏深深地望着他。

"毕夏。"陆怀箫艰涩地望着她，嘴唇嗫嚅着，却一个字也说不出来。

一秒，又一秒。

太阳终于从云层中挣扎着探出头来，无限绚丽的颜色给世界涂了一层梦幻般的颜色。

毕夏的目光从期许到失望："陆怀箫，我们就这样吧。"

她冷冷地将目光收回，轻轻地越过他。可是下一秒陆怀箫已经从身后将她紧紧抱住。

他不能再骗自己了。

毕夏，我爱你呀！

陆怀箫多想将心里的话喊出来，但他只是说出三个字："对不起！"

他从来没有放肆过，别人都夸他沉稳，但他知道，因为这样的沉稳，他放弃了多少。别人都说，年轻的时候，爱一个人怎么都不为过，他却做不到这一步。

他没有年少轻狂，只有少年老成，直到现在，他还在犹豫不决。

在公司里，动辄就是百万资金，他若是不确定，一定不会轻易下判断。他在犹豫之间其实已经有了答案，就像现在，他也知道，他对毕夏的爱，只能到此为止。

太阳终于坠入茫茫的地平线，陆怀箫看到毕夏的身影渐行渐远，她就像他人生中一个迤逦的幻影，他倾尽所有，却无法拥有。

那个夜里，陆怀箫蜷缩在角落里，他在一片黑暗抱着肩膀痛哭流涕。

是谁说，往事暗沉不可追，来日之路会光明灿烂？对于陆怀箫来说，来日更加艰难。

4

楚君尧顺利通过了面试，拿到研究生录取通知书。他把工作暂停一段时间，准备独自去走川藏线。

何遇狐疑地望着他："别人去西藏是净化灵魂，你是想去治愈失恋之痛？"

楚君尧没好气地瞪他一眼："你非要提醒我这件事吗？"

何遇笑了："你都已经失恋三次了，也算久经沙场，经验丰富。看我，想失恋一回，也没机会呀！"

"滚！"楚君尧抓起垫子朝他丢过去，"好歹我现在也属于伤残人士。"

"心残志不残！"何遇语气一转，"可你真的就跟米荔分了吗？你们好像没有正式说分手吧？"

"回国就把我拉黑，你觉得这还不算？"

"也许她有苦衷？"

"不管什么理由我都不会原谅她。"

"如果米荔真的回来找你和好呢？"

"不必了！"

"不原谅？"

"死都不会！"

"原来你这么爱她？"

楚君尧一怔。

何遇晃悠悠地说："爱之深，恨之切！"

"那又如何？"

"我要是你，有这个时间去西藏，还不如去美国抓她，质问她为什么！"

一语惊醒梦中人。

楚君尧觉得自己太傻了，他怎么没有想过去美国找米荔呢？他只会在这里给她打电话、发邮件，或者守着游戏等待"火枪手"上线……米荔看上去柔弱，但原来做事这么决绝，说不联系就不联系，真是令人抓狂。

都说去美国的签证很难办，但楚君尧竟然一签成功！因为他拿着和米荔的合影，告诉面试官，他想要在女朋友生日那天给她一个惊喜，希望能够尽早赶到美国。美国人的浪漫天性对楚君尧的话很是受用，再加上他护照上有去欧洲的记录，所以个人旅行签很快就办下来了。

没有想到，楚君尧还没有去美国，却接到了米荔的闺蜜钟嫒嫒的电话。

楚君尧知道这个钟嫒嫒，一开始联系不上米荔的时候，他就去宿舍找过她的室友询问。她们说米荔平时跟钟嫒嫒最要好，米荔的行踪她不应该不知道。钟嫒嫒是个南方女孩，个子娇小，长发披肩。楚君尧问她和米荔最近有没有联系，她一个劲儿地摇头，再逼问，她就快要哭出来了，楚君尧只能作罢。

钟嫒嫒答应帮米荔保密，但得知两个人分开后，米荔和楚君尧都陷入痛苦之中，便决定告诉楚君尧所有的真相，她不想两个有情人因为误会而分手。

她告诉楚君尧，米荔是因为母亲生病所以必须得留在美国，而她害怕异国恋没有好的结果，才会选择放弃。

"楚君尧，我知道我们都应该尊重米荔的选择，可是我希望你能跟她谈谈，如果你们还有在一起的可能，就不要放弃。"

　　楚君尧怔住了，他一直追寻的答案竟然是这样，可是米荔为什么不能对他坦诚相待呢？所有的问题他们可以一起面对，而她连一个机会也没有给他，就放弃了。

　　何遇知道楚君尧放弃去美国后，惊讶地问："那个钟媛媛不是告诉你原因了吗？换作是我，也会在亲情和爱情之间左右为难。你难道不应该飞奔过去，紧紧抱住她说，宝贝，山无棱天地合，才敢与君绝……"

　　"以前我没有想过，但我最近已经想过了，我不想留在美国。"

　　"唉，你——"

　　"而米荔，她也知道，这样走下去，我们的矛盾争吵会越来越多。我希望她留下来，但我无法开口留她，这太自私，而她也无法对我说，让我陪她一起去美国。"楚君尧撑着头朝沙发后面靠了靠，整个人隐在一片阴影中，看不清表情。

　　"不试试看，难道不后悔吗？"

　　"也许在感情最浓的时候分开，留下的会是美好。"

　　"我不懂。"

　　"有时候爱就是遗憾，就是空缺，就是求而不得的痛苦。"

　　何遇沉默了。他已经很努力在忘记那个人了，他让自己投入工作中，让自己去认识别的姑娘，他会说笑取悦她们，也会和有好感的某一位出去喝一杯咖啡。

　　但，不是那个心仪的女孩，所有的其他人都只是将就。

　　他常常高谈阔论到中途就突然沉默下来，情绪低得要命，只是一杯咖啡，却让他醉了。他起身离开，在汹涌的斑马线上，在人来人往的天桥上，在上台阶下台阶，他的心里都在想一个人。

　　毕夏。

　　有些人一生都不会知道，他出现在某个人的梦里，他被某个人无数次想起，他就被一颗心眷恋着……

　　我没打算告诉你。

　　这是我自己的事。

　　也许经年以后我还想着你，也许我忘记了。

　　但，我都会记得，我曾怎样思念着你。

　　很久以后何遇问楚君尧："难受吗？"

　　楚君尧这样回答他：

"痛。"

"很痛。"

"哪里都痛。"

他们都说，爱一个人是一场劫。彼此相爱就是劫后余生，而爱而不得的那个人，就注定在劫难逃。

5

夜里，沈冬晴从房间里出来，看到裴雨阳卧室里还透着光，她的心一紧，不由得上前敲门："雨阳，乖啦，别再工作了，快睡觉！"

没有回应，大概他睡着了。

刚想要转身离开的沈冬晴还是不放心，将门轻轻地推开。

裴雨阳最近接了新的剧本，又开始熬夜赶工。沈冬晴已经劝过他多次，让他注意作息，不能长久地对着电脑伏案工作，可他总是会等她睡着了，又偷偷起来工作，有好几次被沈冬晴逮个正着。

他没有开灯，荧荧的电脑光映照着他的脸，他专注的面孔令她动容。

那个顽劣又肆无忌惮的少年，他为梦想奋斗的样子简直太帅了！但她做不到，她做不到像裴雨阳那样对未来充满期待和憧憬，有时候看着他说起未来的规划、目标、愿望，她都羡慕不已。那时候的裴雨阳整个人都在闪闪发光，而她呢？她所经历的一切都只能让她患得患失地守着现在的这份幸福。她所期盼的也就是能够和裴雨阳过着平静的生活，其他不敢去想，觉得那是一种奢求。

拒绝高凡主编推荐的外派记者的工作，她并没有告诉裴雨阳。没想到裴雨阳还是知道了，肖嘉言去找沈冬晴的好友薛珊要了裴雨阳的联系方式，他给裴雨阳打电话，质问是不是他不同意，又指责他太自私，拘着沈冬晴让她留下来，不愿她有更广阔的天地。

裴雨阳说即使这样又如何？沈冬晴选择了我，她的任何决定我都支持她。

后来裴雨阳问沈冬晴，后悔吗？沈冬晴想了下说，人生总是会有各种各样的选择，我现在的选择就是遵从我的内心，即使以后会后悔，那也是以后的事。现在，我就是想要和你在一起！

还有一句话，沈冬晴没有说，那就是：我不放心你，我想留下来照顾你。

裴雨阳的病情不发作还好，一发作就会有生命危险，所以她的心时时都是悬着的。上次他因为昏倒从楼梯上摔下来后，她就向罗医生学习了如何急救，并在他的建议下在家里配备了呼吸机。

罗医生告诉她，如果发现他再次晕厥，在医护人员没有赶到时，她要先将他平放，再给他注射一支培他定，随后上呼吸机，检测他的血压和心跳。

只是没有想到，裴雨阳这么快就再次发病。

推门而入的沈冬晴看到伏在电脑前的裴雨阳，以为他睡着了，上前轻轻推了推他："雨阳，去床上睡，这样会感冒……"

突然间，她的心一沉，颤巍巍地喊："雨阳？"

裴雨阳没有回答，依旧一动不动。沈冬晴的心瞬间被揪了起来，她拼命忍住眼泪，颤抖着手扶着裴雨阳平躺在地板上，强迫自己要冷静下来。再快速找到急救箱，打开一瓶培他定，用针管吸入液体，将裴雨阳胳膊上方位置消毒以后，快速将针筒垂直地扎下去。

一点一点地注射，直到针筒空了。

拔针，再次消毒。

将呼吸机的面罩给裴雨阳罩在口鼻处。

裴雨阳的脑部供血恢复后，缓缓地清醒过来。

看到裴雨阳睁开眼睛，沈冬晴紧张的情绪稍微缓解下来，艰涩一笑："雨阳，别怕，你刚才晕过去了。我已经打了急救电话，马上送你去医院。"

裴雨阳的声音虚弱不已："对不起，又吓到你了！"

沈冬晴摇头，竭力微笑的脸上眼泪滚滚而下："我不要紧，雨阳，谢谢你醒过来……知道吗？刚刚我还以为你会像我妈那样在睡梦中离开我……"

裴雨阳抬起手来接住她落下来的一滴泪，轻而缓地说："别哭——"

人这一生到底有多苦？

要经历生老病死，经历爱别离苦，经历怨憎恨苦，还要经历求不得苦……

而我们，却无能为力，只能看着这一切发生。

即使沈冬晴早已经对急救步骤烂熟于心，但对着裴雨阳的胳膊注射时也紧张得屏住了呼吸。

惊恐就像一条冰冷的蛇缠住了她的颈项，她想起那个绝望的早晨，她哭喊着摇晃母亲，而她永远无法给她回应。那时的痛楚再一次排山倒海般袭来……

好在，他醒来了。

急救的医生赶到，很快将他送往附近的医院。

沈冬晴紧握着裴雨阳的手，用他的体温安抚自己惊惧的心。

裴雨阳竭力望着她笑，安抚着说："没事了，别哭——"

"裴雨阳，我警告你！"沈冬晴故作严厉地说，"要是再发现你熬夜写剧本，我就……就把你的电脑送人！"

裴雨阳脸色苍白，因为虚弱声音很轻："好，我有点头晕，想睡会儿……"

他的话音还没有落下，人已经困乏得闭上了眼睛。

突然间检测心跳的仪器发出尖锐的声音，沈冬晴抬眼一看，只见那数字在不停地下降，54、53、50……

空气被凝固了。

沈冬晴被定住了。

她站在那里，无法动弹，有人将她一拨，她就被拨到一边，握住裴雨阳的手一下就松开，那一瞬间的空虚令她清醒了一点。

护士快速地说："血压在降，心跳也在降低……"

"强心针，赶紧注射强心针！"医生吩咐道，然后拿起通话器通知医院立刻准备绿色通道。

一到医院裴雨阳立刻被推进抢救室，沈冬晴看着越来越多的医生围着裴雨阳，看着显示心跳的数字越来越少，她眼前一黑，感觉自己也摇摇欲坠，只得紧紧攥住椅背……

裴雨阳，求你了，别丢下我。

裴雨阳，求求你，快醒来。

裴雨阳，拜托你，和我在一起！

她的心在声嘶力竭地呼喊，整个人却像被定住一样，无法动弹。

医生将她往外面推："家属请出去！"

她死死拉住病床，说不出话来，却拼命摇着头不肯离开。

躺在病床上的裴雨阳脸色苍白，双眸紧闭，毫无知觉地躺在那里。可是明明昨天晚上他还在跟她插科打诨，谈笑风生，没想到几个小时以后她就感觉世界已经崩塌了。

"上呼吸机、建立静脉通路、检测心电图……"

"检查血糖、电解质、肝肾功能，立刻做头部CT、脑电图……"

"病人出现室颤……"

"病人心率下降……"

……

医生不停地做着心肺复苏，按压一次，又一次……

沈冬晴眼前一黑，捂着嘴不让自己哭喊出来。

危急的时刻她经历了一次又一次，但她依然如此慌乱害怕，承受不住。

裴雨阳！

裴雨阳！

裴雨阳！

这一夜对沈冬晴来说犹如在地狱里走了一遭，太可怕了。在医生的合力抢救下裴雨阳的心跳和血压终于恢复了，但医生依然给沈冬晴下了病危通知书。

"我们这家医院医疗条件有限，没有ICU（重症监护室），建议待他情况稳定一点转到更好的医院。"

沈冬晴捏着手里的病危通知书，痛苦地点了点头。

"现在病人还没有度过危险期，很可能再次出现休克昏迷。"这位年轻的外科医生参与了急救，倒是对沈冬晴印象深刻。她没有像别的家属那样情绪激动，哭着喊着，她就站在那里，面色苍白，眼神凝重，看似镇定非凡。但她颤抖的手出卖了她内心的恐惧——这个隐忍克制的姑娘，那种悲恸是无声的。

"我知道了，谢谢你，医生。"

沈冬晴给周阿姨打了电话，她没有说得太严重，只说裴雨阳晕倒住院了。上一次裴雨阳从楼梯上摔下来送到医院时，他不让沈冬晴告诉他母亲，她答应了。但这一次裴雨阳病得如此严重，她只能告知。

医生告诉她，裴雨阳是上次摔到头部，脑震荡将他的病情加重了。

沈冬晴自责不已。

如果不是因为她出事，他怎么会心急火燎地出门呢？

裴雨阳一直在昏昏沉沉中醒来，又睡去，情况一直不明朗，医生也只能用药物控制。没想到蔡雅、杨美清和许易也来医院了。

原来蔡雅给裴雨阳打电话，沈冬晴接到电话告诉她，裴雨阳昏迷，医生建议她转到上海最好的仁兴医院去。蔡雅立刻就联系了好友许易，作为心理医生的他曾经在仁兴医院任职，对于转院流程熟悉，许易考虑了一下，又把这件事告诉了已经成为他恋人的杨美清。

沈冬晴再看到杨美清时，觉得她变了。高中时浓妆艳抹地追在裴雨阳身后的女孩，如今素面朝天，穿一件有米奇图案的卫衣，一条蓝色牛仔裤，望着沈冬晴的眼神，淡淡的。

沈冬晴因为杨美清间接害死好友顾珊的事，始终无法原谅她，见到杨美清来便冷冷地走到一边，望向窗外。

第一次见到许易的沈冬晴有些诧异，他不像是杨美清会喜欢的类型，长相斯文，戴着眼镜，是那种学科代表一样的气质。而她认识的杨美清，太张扬了——也许就是一物降一物吧，当杨美清遇到了爱情，整个人都变得柔软了。

"许易已经安排好了，"蔡雅走到她身边，轻声说，"今天就可以转院。"

沈冬晴望着蔡雅点点头："谢谢！"

"别谢，我跟他也是朋友，真没想到他会像这样躺着——"

蔡雅走到床边，俯身对昏睡的裴雨阳说："你这个家伙平日里生龙活虎，怎么说病就病了？赶紧好起来，我们还约定要一起写一部红透中国的大剧！"

"裴雨阳！"杨美清没好气地说，"以前我病的时候，真恨不得你能像我一样躺在病床上戴着呼吸机，什么也做不了。但你也别真的让我得偿所愿，我会内疚，会觉得是因为我诅咒了你……"

她的眼里蓄起泪来，许易抬手揽了揽她。

"快好起来，要不我就天天找沈冬晴的碴，欺负她——"

沈冬晴看着窗外四月的阳光，内心痛楚。

这个世界就像一条川流不息的河，永远在奔腾着前行，而她被这河流吞没，只能深陷其中，呼喊不出。

她不敢想象没有裴雨阳的生活，她该怎么走下去。

也许她余生再也不会有快乐和幸福，始终活在思念和缅怀里……一想到这里，悲伤就从她胸腔中汩汩流出。

第九章

爱一个人是一场劫

"汤总，您看看我们的布料，都是精挑细选，色牢度、pH、甲醛等检测都符合标准。"黎允儿拿着几块样布，对汤经理说，"成衣的质量你也放心，我们不是以数量计件，而是以合格率作为奖励机制，所以员工对质量都很重视。"

汤经理摸了摸面料，再环顾井然有序的工作间，不禁露出赞许的眼神。

"看着还挺不错。"汤总突然指了指一名员工，问，"她在做什么？"

"哦！"黎允儿笑着把iPad（平板电脑）拿给他看，"这是我们公司内部的系统，每个员工完成一项工作就在系统上登记，这样大家都能看到进度，也能有效提高下一个阶段的工作效率。"

汤总饶有兴致地拿过iPad看了一下，啧啧地说："你们公司就五十来名员工，竟然分工如此之细致，工作流程如此翔实，在管理上完全不输给大公司呀！"

站在门口看了一会儿的毕夏不禁笑了。她没有想到允儿会这么快就上手，她之前的公司项目跟现在的服装完全不搭边，但她很快就熟悉了业务，并且将空缺的采购一职也揽了去。

毕夏对黎允儿提出希望她能来衣雅的时候，内心是忐忑的。她怕允儿胡思乱想，觉得自己是见她现在落魄才收留她，也怕她心里不愿意，毕竟她来衣雅，收入和其他员工一样是工资和奖金。衣雅现在还在亏损阶段，毕夏也只是将之前卖公司的钱计划着投入进去，她自己还没有领过薪水。

黎允儿听完以后握住毕夏的手难以置信地问："我爸的公司才被我搞垮，你确定你要让我去帮你？"

毕夏笑了："你别妄自菲薄了，在管理上你经验肯定比我足。"

黎允儿到衣雅工作的事她也告诉了陆怀箫，他给了她好些建议，也将毕夏所面临的困境一一告知。黎允儿没有想到陆怀箫现在跟毕夏如此疏离，却对她公司的事很熟悉，而且当她知道这一套办公系统是陆怀箫的构想，楚君尧的设计，越发不明白如此关心毕夏的陆怀箫，为什么会选择拒绝毕夏。

不管怎样，黎允儿能到衣雅，这让毕夏的心安稳了很多。她辞掉了职业经理人，也许他的那一套很好，但根本不适合他们这种才开始创业的小公司。不过方奕晨也觉得自己的理念跟毕夏有冲突，两个人深谈一次，平和地解约。

黎允儿下班的时候，高志翔打电话约她见面，她迟疑一下，推说还有工作拒绝了。高志翔当然知道她怕见他的缘由，也只说会给她时间，但不能让他等太久。

有时黎允儿也觉得高志翔太过强势了，他这种男人做任何事都会计较得失，要算成本、算时效……倒也不是不真诚，只是这种得不到就立马放弃的感情让黎允儿心里有些不舒服。年少的我们，爱一个人总是奋不顾身，而经年过去，成熟的我们却越来越会保护自己不再受伤。

而她又有什么资格指责高志翔呢？明明就是她犹豫不决，倒还要生气他不会死缠烂打。

旁人看来高志翔有什么不好？上市公司老总，成熟稳重，年轻多金，周围喜欢他的女孩多了去了，能得到他的青睐就像是中了大奖，黎允儿也这么想，要不就他了！可转念又会找无数个理由否定。她嗜辣，他偏清淡；她喜欢看恐怖电影，而他偏爱纪录片；她周末就是放空自己睡睡睡，而他的日程是从凌晨四点开始排……两个这么不同的人，相处下来需要更多的忍让和包容。她能做到吗？

黎允儿和毕夏一同走出公司，一眼看到等在那里的姚元浩。他留着短短的板寸头，穿一件烟灰色的针织衫，周身沐浴在落日的余晖里，竟让黎允儿有一种时光流转，仿若回到青葱校园的感觉。那时候他也曾站在树下，静静地等待着她。

一时的心悸让黎允儿的情绪有些慌乱，她下意识攥住毕夏的手，后者看了她一眼，知道她开始紧张了。

毕夏笑着拉开她的手："去跟他谈谈。"

黎允儿没好气地说："跟他没什么好谈的。"

"允儿，别赌气了！"毕夏推了推她，"你有没有想过，你为什么一直没有答应高总，真正的原因是什么？"

黎允儿一怔，随即喃喃一句："好马不吃回头草！"

"恋人之间分分合合太过正常，曾经的感情也不是说断就断，所以才会有一个词叫破镜重圆。"

姚元浩见到她们，走过来打招呼时，望着黎允儿欲言又止。

毕夏找了个借口先行离开。

姚元浩对黎允儿说："一起吃个饭吧？"

"没空。"

"就今天，庆祝……"

"庆祝什么？庆祝我家公司破产，还是庆祝我一无所有？"

黎允儿也不明白为什么见着姚元浩会这样怨气冲天。明明就是她提出的分手，她又在气什么？在这一刻她悲哀地发现，原来她在气自己。气自己根本就没有放下姚元浩呀！她依然是那个十六岁往他桌上放早餐的慌乱女孩，是那个无数次对他表白都被拒绝的倔强女孩，也是那个和他第一次牵手幸福到整夜无眠的幼稚女孩……她一直在后悔，那天他说想要和她一起看雪的时候，她错过了。她也一直在懊恼，为什么要在冲动的时候说分手……

姚元浩，为什么现在才来找我？我们分手已经很久很久了！

"庆祝我要去做村干部了！"

黎允儿一怔："你考上公务员了？"

姚元浩点点头，有些羞涩："之前也没有想好毕业以后的职业方向，原本只是想试试，没想到被录取了……其实是怕自己做不好，想……想让你鼓励我！"

"我有什么义务？"

"在我心里，你比我更果断坚持，有股不服输的劲。"姚元浩温柔地望着她，"而我做任何事都不够自信，怕这怕那。"

"你是想说我不撞南墙不后悔吧？"黎允儿瞪他一眼，"那我要去吃法餐。"

"悉听尊便。"

过马路的时候，有个提着公文包的男人从身后挤过来重重地撞了黎允儿一下，穿着高跟鞋的她一个趔趄被姚元浩及时地拉住护在了怀里。

下一秒黎允儿想要推开他，却被姚元浩霸气地箍住，他柔声说："允儿，我们和好吧！"

黎允儿假装没有听见："啊？"

"我还想和你在一起。"

她依旧装作没听见："嗯？"

"我们能不能不要分手了？"

"不能！"

姚元浩一怔，轻轻松开她，后者站远一步，面色冷淡地说："我现在已经是高志翔的女朋友了。"

"啊？你们——"姚元浩错愕地望着她，艰涩地问，"你们？"

"对，你只能是我的前男友了！"黎允儿看着姚元浩眼里的失望，心里却欢喜起来。她就是故意的，她故意刺激他，要他难受，也要他知道，他这么久没有来找她，她是不会在原地等着他的。

姚元浩好一会儿没有说话，他内心酸楚，就好像狠狠地灌了一杯柠檬水。

"那，你还要请我吃饭吗？"黎允儿故作无辜地望着他。

姚元浩苦涩一笑，点点头。

和姚元浩吃饭的时候，黎允儿心情大好。她故意一口一个我们家志翔，令姚元浩如坐针毡，很想要负气离开。他越沉默，她越得意，说得也越欢畅……

她终于觉得，从十六岁到今天，她扬眉吐气了！她总觉得这段感情她比姚元浩付出更多，也正是因为她先喜欢上他，所以一直患得患失。

其实刚刚姚元浩说能不能不要分手的时候，她心里早已经脱口而出"好"，只是女孩子的口是心非才拒绝罢了。

2

毕夏到家的时候，母亲已经做了饭菜，笑着说："洗个手就来吃饭吧。"

毕夏探头一看："妈，又有我喜欢的白灼虾呢！谢谢妈！"

母亲笑了："别总顾着工作，妈觉得你又瘦了……最近公司还顺利吗？"

"有允儿帮忙好很多了。"毕夏坐在餐桌前，端起碗，"因为有新的办公系统，省事省力，最近在做股份制改革，具体的细节还没有出来，但从反馈上来看员工也觉得挺好的。"

"真没想到你能做得这么好。"

"其实，"毕夏顿了一下，"是陆怀箫，很多设想和建议都是他提出来的。"

"怀箫真是不错。"母亲试探地问，"你和穆锡最近？"

"妈！"毕夏有些无奈，"我很清楚我和他只是朋友。"

沈梓瑜深深望了女儿一眼，还是忍不住问出口："那你对怀箫？"

"他又不喜欢我。"毕夏眼神一黯，"以后您就别提他和穆锡了，我跟他们俩都不可能！现在只想要好好工作。"

沈梓瑜自然听出女儿的言外之意。她以为陆怀箫不喜欢她，可这个傻姑娘，哪里知道陆怀箫就是因为喜欢她，才会为她做这么多事？之前衣雅受到威胁，那时毕夏还对陆怀箫误会很深，可是陆怀箫让她签下授权书，这才挽救了衣雅。也是从那个时候起她就知道陆怀箫对女儿有意，后来又有付文博的事，若不是陆怀箫帮忙，衣雅会被付文博榨干。

可是她也是如此自私的母亲，明知道陆怀箫对女儿用情很深，女儿对他也有情谊，但知道陆怀箫母亲生病的事，她缄默了。

她没有告诉女儿，她今天在医院见过陆怀箫了。她原本去医院探望生病的朋友，却意外撞见陆怀箫带着母亲来做检查，他母亲的病情比她想的还要严重，现在走路就已经要陆怀箫搀扶着。远远地，她看见了，却没有上前去与他们打招呼。

女儿的工作已经很操心了，她也不想让这些事再增加她的压力。

沈梓瑜在心里深深叹口气。

毕夏刚吃完晚饭，就接到了金总的电话，说合同的事想跟她谈一谈。毕夏听到背景有嘈杂的音乐，猜测他们是在酒吧或者KTV，便笑着拒绝了："金总，今天太晚了，明天上午我到您办公室与您详谈？"

金总在电话那边一再要求："毕总，你可不能不给面子呀！这里还有我几个朋友在呢，我说你是美貌与智慧并存的女神，他们都想一睹芳容！我都撂下话了，你要是不来我可是很打脸呢！要不，毕总，今天你过来咱们就顺便把合同也给签了？"

毕夏有些迟疑。

金总在全国有十几家服装批发城，生意火爆，走货很快，是有名的经销商。很多服装公司都想跟金总签下代理合同，能进入他的服装批发城。但衣雅与金总的合同一直很难谈，黎允儿去见过一次回来直吐槽，说那金总太油滑了，知道他们是新起步的公司，需要快速进入市场，所以把价格压得很低，他们的合同就僵持在那里。毕夏知道，金总不着急，找他的人很多，着急的是他们这些小公司，产品滞销，库存太多，根本拖不起。

"毕总，我等你来。"说着，金总报了一个餐厅的地址，便不由分说地挂断了。

见毕夏接完电话脸色凝重，母亲不由得问："怎么，出什么事了？"

毕夏故作轻松地笑笑："工作上的事，妈，我有份文件忘在办公室了，我得去拿。"

母亲不疑有他，叮嘱道："那你早点回来。"

毕夏应过以后，拿起车钥匙就出门了。

在赶去餐厅的途中，毕夏想了想给黎允儿打了个电话，告诉她一会儿她要去见金总，等半个小时后给她打个电话，帮她找个理由脱身。毕夏自然知道金总找她过去，肯定要为难她，自己只能处处小心。

黎允儿一听她去见金总也急了："我陪你去！"

"别，我一个人去应付得了。"毕夏宽慰地说，"一会儿就算合同谈不下来我也会找借口先走，你若也在那里，我们俩谁都走不了。"

"那个金总一看就不是好人。"黎允儿愤懑地说，"要是他欺负你，我可不放过他。"

挂了电话，黎允儿还是不太放心，思来想去就给陆怀箫打了电话。

毕夏到餐厅的时候，才知道餐厅包房自带音响设备，金总正拿着麦克风对着电视屏幕唱着一首怀旧的歌曲，而周围坐了七八个人，男男女女，觥筹交错，推杯换盏，好不热闹。

金总一见着毕夏，顿时得意地笑了："毕总，快来，我可是等你等得好苦呀！"

金总想要上前拉她，被她巧妙地转身避开了，她笑意盈盈地与众人打招呼。

"这是魅影服饰的刘总、麦琪公司的赵总、元朗商贸的周总……"金总一一介绍完后说，"我没有哄骗大家吧？衣雅的毕总可是一等一的美人，真可谓那句'清水出芙蓉，天然去雕饰'，而且毕总不单单外貌出众，还是很有才华的设计师！"

在场的男士都对毕夏恭维有加，个个都争着献殷勤，而女士则见着被毕夏抢走风头，心生嫉妒。毕夏虽然不卑不亢，但应对起来也觉得吃力。

"来，我先敬毕总一杯，祝愿我们的合作圆满成功！"金总给毕夏面前的高脚杯里斟上红酒，递给她。

毕夏端起酒杯，迟疑一下，还是仰头喝尽。

"豪爽！"金总暧昧地拍拍她的肩膀，"毕夏真是巾帼英雄，和你合作，我喜欢！"

"金总，谢谢你愿意和衣雅合作，合同我已带来……"

"不着急，"金总圆滑地说，"大家先吃饭，不谈工作！"

"来，毕总，我敬你一杯！"

刘总端着酒杯走到毕夏的面前，一手放在她的椅背上，几乎要靠上去，毕夏只得站起身应付。

"对不起，我酒量有限，恐不能……"

"那怎么行？你跟金总喝了不跟我喝，岂不是让我成为笑柄？"

毕夏心里为难，如果她喝了这杯，那另外的人也会灌自己酒。可这样的形势之下，她不喝只会得罪众人。

正在迟疑之间，突然听到有人喊了一声："毕夏！"

再熟悉不过的声音。

毕夏回头，心里蓄上泪来，此刻出现在门口的人，不是旁人，是陆怀箫。

他穿着衬衣，搭配西装外套，身形修长挺拔，气质落拓干练，一副精英的模样。她也是鲜少见他穿着这样正式，心里对他的出现感激极了。

陆怀箫走到毕夏面前，自然地接过刘总手里的酒杯，浅笑着说："我家毕夏有胃病，不能多喝，所以每每这样的饭局我便厚着脸皮跟来，希望大家不要见笑！"

"这是……"金总不由得问。

陆怀箫抬手揽住毕夏："我叫陆怀箫，是毕夏的男朋友。"

这突然冒出来的男朋友让金总有些恼火，但毕竟是场面上的人，他也只能满脸堆笑地说："你们可真是郎才女貌，一对璧人！来了就是客，请坐！"

刘总收回搭在椅背上的手："毕总有胃病应该早说，我们都是怜香惜玉之人，定不会为难她！不过有这么体贴的男朋友护着，这感情真是令人羡慕！"

"我跟着过来，希望没有打扰到大家！"陆怀箫把酒杯一端，"先干为敬！"

"好酒量！"金总带头鼓掌，又怂恿道，"在座的是不是都应该敬怀箫兄弟一杯？"

毕夏暗暗拉了下陆怀箫的衣襟，示意他不要接招，没想到陆怀箫将她揽得更紧，俯身在她耳边轻喃："放心，我没事。"

温润的气息扫过毕夏的耳旁，令她心跳加速，面上一片红晕。

金总他们存心要灌陆怀箫的酒，一杯又一杯，直看得毕夏心惊肉跳。一向沉稳的陆怀箫也露出醉意，眼神迷离起来。

毕夏想要拿过酒杯替他喝，被陆怀箫紧紧握住了手，轻轻地摩挲，温柔得不成样子。

这一刻，毕夏感觉周遭都静了下来，他掌心的温度像一杯糖水，将她的心浸泡得甜甜的、暖暖的。

面前的陆怀箫让她安稳，让她幸福而甜蜜。

陆怀箫自如地应对着金总他们的挑衅，当他说起理财投资的话题时，之前的那几分敌意慢慢地化解了。金总他们都是商人，对于利益自然趋之若鹜，所以陆怀箫提起资本运作的种种，真是令他们刮目相看，后来都洗耳恭听了。

等到散场，陆怀箫俨然已经醉了，他步履有些虚浮，毕夏挽着他的手臂，担忧地问："陆怀箫，你没事吧？"

陆怀箫心里一热，借着酒意突然紧紧地抱住毕夏，将下巴抵住她的头柔声问："毕夏，你最近好吗？我不好，一点儿也不好……"

"你醉了。"毕夏没有动，她抬起手在他的后背轻轻拍了拍，用哄孩子一样的语气说，"我先送你回家吧。"

"我嫉妒他。"

"谁？"

"他能够追你追到中国来……"陆怀箫心里一酸，在这一刻眼泪几乎落下来。他多想就这样一直抱着她呀，他是喝多了，但他心里明镜似的清醒，他只能默默守护着毕夏，却无法鼓起勇气将她的一生拥有。

"陆怀箫，我跟穆锡你从来就知道的，我只当他是朋友！"毕夏停顿一下，"等你酒醒了我们再谈。"

黎允儿将车缓缓停到他们面前，打开车窗对毕夏说："先上车。"

毕夏扶着陆怀箫坐到后排座位上。安顿好他后，她原本想要坐到副驾驶，可陆怀箫一把抓住她的手，带着几分酒意，眼光却依然深邃地望着她："别走！"

毕夏还是第一次见如此孩子气的陆怀箫，不由得笑了，顺从地坐到他身边，让他将头倚靠在她的肩膀上，紧紧地握住他的手。

从后视镜里看到这一幕的黎允儿也笑了。旁人都看得出陆怀箫和毕夏彼此喜欢，但他们两个人却一直打着朋友的旗号若即若离，真是令她着急。

3

听到敲门声的楚君尧刚一拉开门，一个娇小的身影几乎是跳起来，一头扑进他的怀里，令他猝不及防地摇晃了一下，差点摔倒，但旋即他用了更大的力气抱住了怀里的人。

一种深深的、难以置信的狂喜和酸涩在他心里冲撞汹涌，逼得他湿了眼睛。

而怀里的人早已经哭成一个泪人，抽抽搭搭，委屈不已。

久别重逢的拥抱，将所有的委屈思念都化解了，他们一言不发，只是深深地、紧紧地抱着彼此，好像要把对方嵌进自己的生命里。

四周很静。

就算这一刻世界被摧毁，他们也不想挣扎，不想松开彼此。

何遇从房间里出来，看着又哭又笑的两个傻瓜，又默默地退回了房间。

他真羡慕拥有爱情的人，即使痛，即使悲，即使吵闹冷战，即使恨得要命……

但总会有回应呀！你就像我的一面镜子，我思念你的时候，你也会思念我！

而他呢？他喜欢的那个女孩犹如女神，从一开始就注定他只能隐忍这份感情。他公司里有个叫小离的女孩，听说他喜欢玩《水神》那款游戏，就跟他一起练级，没想到，没过多久，这个小菜鸟竟然玩得比他还好。每次玩游戏的时候，看着她在旁边替他厮杀、抢装备、准备医药包……再看着楚君尧和米荔，何遇忽然也想谈一场恋爱了。

许久以后，米荔终于喃喃出声："对不起，楚君尧，我只是太想你了——"

"我也想你！"

"跟你分开比我想象中还要痛苦。"米荔哽咽着，"每天我都想要跟你联系！"

为了坚持自己的决心，她把楚君尧的微信和电话号码统统拉黑，她对自己说，感情在最美好的时候戛然而止，总好过慢慢地变淡。可是分开的三个月里她度日如年，思念就像时钟，嘀嘀嗒嗒的声音一直在她心里响着，让她无法平静下来。她让自己忙碌起来，除了照顾母亲，还去找了一份替邻居打理花园的工作。可是即使再忙、再累，夜深人静的时候，她依然辗转反侧，夜不能寐。

到了要回学校交论文答辩的时间，她想要回去找楚君尧的心情越来越强烈，她想要告诉他，即使他们在一起只有一天，那这一天她也要好好地爱他。她不想再做伤害自己、伤害楚君尧的事了。

"君尧，你不怪我？"

"为什么要？"

"我不辞而别，还将你拉黑——"

"其实我已经知道原因了。"

米荔错愕地松开他，望着他的眼睛："你知道？你知道什么？"

"知道你是因为母亲的病才回美国，也是因为要留在美国所以才要跟我分手……"

"谁？"

"你的朋友钟嫒嫒。"

米荔的神色瞬息万变，渐渐她的情绪就像被雨淋过的火苗熄灭了，她退后一步艰涩地质问："你知道了，那你为什么不来找我？"

"我想既然你已经做出决定，那我尊重你！"

"楚君尧！"米荔的脸色变得很难看，她一字一句地说，"你知不知道因为分手我有多痛苦？我一直不敢告诉你原因，就是怕你会为难，怕你会为了我选择去美国！所以我宁愿你恨我怨我，也不敢告诉你为什么！但原来是我多虑了，你从来就这么冷静，这么理智！是，我是将你拉黑了，可是你如果想要找我，会找不到吗？"

"米荔，你听我说……"

此刻的米荔只觉得寒心，原来这只是她一个人的苦情戏！她在痛苦挣扎，苦苦思念的时候，他像个没事人一样生活着……她就是个傻瓜！是她一直痴缠着他，令他感动，所以他们的分手，指不定在他心里是种解脱。

"楚君尧，我回来并不是找你复合的！等到答辩结束，我还要回美国。"

"米荔！"

楚君尧上前一步，米荔抵触地后退一步，冷着脸望向他："对不起，打扰了！"

"等一等，米荔！"楚君尧着急地说，"我有想过要去美国找你，我还去面签了——"

"所以你是被拒签了？"米荔怀着期许颤声地问。

楚君尧心里一顿，艰涩地摇摇头。

"你放弃了。"米荔悲凉地望着他，"你连来找我质问都不愿意！你根本就没有想过挽回我，楚君尧……"

米荔擦了擦滚滚而下的眼泪，缓缓地说："我们结束了。"

他们刚才深情相拥的样子，被一枚无声的炸弹，炸得粉碎。

米荔转身离开。她讨厌自己此刻的样子，她不是一直觉得爱一个人是自己的事吗？可为什么她要去计较楚君尧有没有找她呢？就算证明了他的爱少一点，又怎样？

她贪心了。

她想要楚君尧像爱毕夏一样，像爱沈冬晴一样，全心全意，不顾一切。

原来她一直拿自己和毕夏、沈冬晴在比较呀！原来她就是这么心胸狭窄，她在计较，在介意，楚君尧没有来美国找她，但他可以为了沈冬晴去乌石塘村照顾她，也可以为了毕夏去米兰找她。而她呢？他就这么轻易地放弃了。

在回来的飞机上，十四个小时的行程，她满心都是欢喜。她对自己说，米荔，去找他吧！人生有无数的可能，你们的结局不一定就很糟糕。她设想了很多，楚君尧会怪她、怨她，会生气地不见她，或者狠狠地骂她一顿。

她却没有想到，他早已经知道她分手的理由，却默默接受了他们的分离。

等何遇从房间里再次出来，看到楚君尧垂头丧气地站在那里，忍不住戏谑地说："你们俩这是闹的哪出呀？一会儿一个模式，切换得不要太快哦！"

"这女人的心就是海底的针！"楚君尧重新坐到电脑前，沮丧地说，"也许我就不该谈恋爱！"

何遇走到他面前，将他的电脑一关："我不知道你该不该谈恋爱，但我知道你现在不追出去，就是大错特错了！"

"她一声不吭地回了美国，现在回来又怪我不去找她？"楚君尧郁闷极了，"这么不讲道理，还不听我解释，我干吗还追上去吵架？"

"那问你自己，她回来你开心吗？"

楚君尧点点头。

"你想跟她分手吗？"

"当然不!"

"那还愣着做什么？"何遇无奈地耸耸肩膀，"赶紧追上去，什么都不要解释，只要紧紧地抱着她，说我爱你就行了。"

楚君尧笑了："你这个连初恋都没有的家伙还来教我谈恋爱？"

"没吃过猪肉，也见过猪跑!"

楚君尧这才了然地站起身，朝着门外追了出去。可是一直追到马路上，熙熙攘攘的人群里到处都没有米荔的身影，楚君尧心里懊悔不已——

忽然他抬起头，看到米荔正走在天桥上，他抬脚就追了过去。空气里有清朗的风，有温暖的光，还有属于四月的芬芳味道。

"米荔!"他大喊一声。

天桥上人来人往，米荔一回头就看到楚君尧跑得气喘吁吁，满头大汗。

她的眼泪流得更凶了。

"对不起!"他说。

"哪里错了？"她流着眼泪质问他。

"我该明白你的心意，但我……不够坚定。"

"反省得不深刻。"

"我想你。"

"没有觉得。"

"喂，明明是你抛弃了我!"

"可你也没有提出反对意见。"

"我恨不得抓你回来揍一顿。"

"这是家暴!"

楚君尧笑了："难道你是在向我求婚？"

米荔被这句话震得心乱如麻——他们有未来吗？她为了毕业才从美国回来，临走时母亲很是不舍，眼泪汪汪地望着她，问她什么时候回去。母亲已经将她视为唯一的依靠，每件事都要过问她的意见。看着突然变得像孩子一样黏人的母亲，米荔心酸不已。

她知道，无论如何，她都会回美国，陪在母亲身边。

见她神色黯然，楚君尧走到她面前，抬手轻轻拭掉她满脸的泪，柔声说："好啦，我们不要吵架了！你回来我很开心……无论是你留下来，还是我跟着你走，都不是现在能做的决定，不要为这件事苦恼了。"

米荔心里很矛盾，但她不想去想其他了——坚持了这么久，只证明了一件事，那就是她根本就离不开楚君尧。

4

柳老师看着收拾东西的沈冬晴，遗憾不已："是不是找到更好的学校了？"

沈冬晴对于辞职感到很内疚，虽然教学时间不长，但她和班上的同学已经熟稔起来，特别是尤薇，每每见到她都很亲近。但裴雨阳的病情变得严重，做剥离手术刻不容缓。裴雨阳的父母联系上广州一家医院的权威教授，他们看过裴雨阳的病历后，经过会诊制定出了手术方案。

她决定去广州照顾他，虽然裴雨阳让她留在上海安心工作，可她怎么能放心呢？因为堵塞的位置不好，这个手术风险很大，稍不注意就会留下后遗症，造成偏瘫、失语、头疼、感觉障碍等。最糟糕的情况，是昏迷不醒。

周媛将罗医生的话转述给沈冬晴的时候，她眼睛都哭肿了。她也矛盾要不要让裴雨阳动手术，但目前来看药物已经无法控制病情，而他昏迷休克的次数也很频繁，自从上次住院就一直没能出院。医生后来又发了三次病危通知，周阿姨和裴叔叔都快崩溃了，沈冬晴除了照顾裴雨阳，还要安抚他们的情绪。

也就是这个时候，沈冬晴发现周阿姨和裴叔叔已经没有往日的风采，他们眼神疲惫，满脸愁容，那风中的背影令沈冬晴心酸。

如今，即使裴雨阳不动手术，生命也有危险，所以他们最终决定还是赌一次。

知道沈老师要离职，同学们很是不舍，柳老师也建议她先请假。可沈冬晴不知道裴雨阳术后的情况会怎样，假如有了后遗症她一定不会放弃他，每天都陪着他、照顾他。

面对柳老师的一再挽留，她便将原因和盘托出，柳老师惊讶了："你们并没有婚约，假如……"

"在我心里，他就是我的家人，对待家人我会不离不弃。"

看着沈冬晴坚毅的目光，柳老师确定她能做到。这世间的爱有太多计较和盘算，像这般纯粹和执着，实在令人羡慕。

很快，裴雨阳办理了转院手续，前往广州准备手术。

手术前那几日，裴雨阳很清醒，他会让沈冬晴跟他一起去花园里散步，他们手挽着手，在四月的春光无限里，笑得像孩子一样灿烂。

坐在长椅上时，沈冬晴将头枕在他的肩上，指了指前面一对相互挽扶的老人说："老伴，老伴，这个词真美好，一直陪伴到老才是幸福。"

"如果我要是，"裴雨阳停顿一下，沉重地说，"我是说如果手术出了状况……"

"不许胡说！"沈冬晴用手捂住他的嘴，"姜教授是中国最好的神经外科医生，这样的手术他做过无数台，很有经验！"

裴雨阳将她的手拉下来，垂了垂眼："如果真那样了，别守着我……"

"裴雨阳！"沈冬晴腾地立起身子，打断他，"连你也不要我了吗？"

裴雨阳把沈冬晴拉过来让她继续依偎着自己，后者冷着脸不肯，裴雨阳干脆扳着她的脸轻轻压在自己胸口，柔声说："你听，你这样误会我，我心都碎了。"

沈冬晴抬手轻捶了他一下："那你也别说傻话了。"

裴雨阳迟疑一下，终于还是将心里的话说出来："要是我真的昏迷不醒，我不希望你守着我！这样的话，我宁愿死了算了！"

"裴雨阳！"沈冬晴一时泪如雨下，"你别说这种话！"

"答应我，去过自己的生活！"裴雨阳颤声地说，"只要你心里记住我就好了，冬晴，你知道的，只有你幸福快乐，我才会心安。"

"有你我才会幸福快乐！"沈冬晴恳切地说，"一定要醒过来！否则……我会恨你的！"

原来，万箭穿心般的痛也不过如此。

她一动不动地揽住他，听他强健有力的心跳，心里暗暗祈祷裴雨阳的手术顺利。

手术那日，天气格外晴朗。

裴雨阳进手术室之前，冲着父母和沈冬晴比了一个"胜利"的手势，他们彼此有很多话要说，此刻却只是泪眼婆娑地笑着相望。

沈冬晴俯下身，吻了吻裴雨阳的唇："我就在这里等你。"

裴雨阳依依不舍地望着父母、沈冬晴，还有这个五彩斑斓的世界。他心里其实怕得要命，但面上却表现得云淡风轻，他知道这次手术的凶险，也知道手术后会面临很多问题。有时候他问自己，如果早知道他会得这么严重的病，还要不要将沈冬晴拽入自己的生命里？但答案是他不舍得，即使他会在这场手术里昏迷或者死，他都不想错过沈冬晴。

当麻药注射进他的身体时，他轻轻闭上眼睛，陷入一片黑暗。

沈冬晴在手术室走廊的窗口站着，春日的阳光像黄油一样，将整个世界涂抹得金光闪闪，而在明亮之处，她仿佛看到了年少的裴雨阳，他的头发蓬松凌乱，有一种散漫不羁的帅气，他的眼睛流露着羽毛般温柔的目光……

手术的时间比想象中还要漫长，沈冬晴回头望向坐在长椅上的周阿姨和裴叔叔，他们红肿着眼睛，身影显得小了一圈。

这个时候，手术室的门打开，看着医生沉重地出来，沈冬晴不由得迎上去。

"对不起——"

只是这一句话已经令周阿姨眼前一黑，身体趔趄一下几乎摔倒，沈冬晴紧紧地扶着她，感觉自己也快坚持不住……

5

黎允儿心里憋着气，将车开得飞快。她不断超车。再一次变道时，对面却开过来一辆车，速度也很快。黎允儿一惊，反方向猛打方向盘，虽然躲过了那辆车，但是车子却冲了出去，撞到了路边的隔离墩。黎允儿的头撞到方向盘，整个人疼得差点晕了过去。

她好一会儿才回过神来，后怕得浑身都在抖，一点儿力气也没有。

有人上来敲窗户查看她的情况，她哆嗦着打开门，从车里几乎是摔了下去，脑子里嗡嗡直响。

她强迫自己镇定点，拿起手机先报警，然后狼狈地坐在路边等。

她无意间在手机屏幕的反光里看到了自己狼狈的模样，于是低声咒骂了徐总一句。

她跟徐总接触过几次了。他们企业要定制一批工作服，黎允儿打听过以后就去找了这家企业的采购徐总。这个人像狐狸一样狡猾，话里话外就想找黎允儿要回扣，并且借着到衣雅参观视察的名义，已经要了好几套服装……黎允儿几次都想怒斥他一顿，可为了订单她已经将自己的火暴脾气给收敛了又收敛。

今天徐总倒好，竟然将手搭在她腰上揩油，气得黎允儿反手给了他一个巴掌，转身就走了。要不是被徐总气到，她也不会开快车，还出了事故。镇定下来后她检查了车子，还好她刹车及时，撞得并不严重。

正在气愤时，黎允儿接到毕夏的电话。

"允儿，你刚才去找徐总，发生什么事了？"

"他这个人渣！"黎允儿恼怒地说，"竟然对我动手动脚。"

毕夏一怔："那你砸了他的办公室？"

"我就给了他一巴掌。"黎允儿气咻咻地挥舞下拳头，"真恨不得痛打他一顿。"

毕夏凝重地说："允儿，你听我说，警察在这里，他们说徐总报警，称你故意损坏他公司财物，需要你去协助调查。"

黎允儿腾地站起来："他还恶人先告状了！明明是他骚扰我！"

"允儿，冷静点。"毕夏说，"一会儿到派出所把事情讲清楚就好。"

黎允儿越想越生气，现在恨不得就过去跟他理论。

等她到了派出所，毕夏已经在那里了，她望着黎允儿眼睛上的瘀青，迟疑地问："他打你了？"

黎允儿一怔，心里暗喜，脱口而出："是，就是他打的。"

黎允儿又对着警察带着哭腔说："警察同志，你们可要调查清楚呀！他借着合同的事几次对我骚扰，今天我去他办公室，他又动手动脚……"

说着黎允儿停顿一下，挤出几滴眼泪："若不是我强烈反抗，恐怕……"

毕夏一听，急了，上前抱住允儿："怎么会这样？你没事吧？"

"我好不容易逃出来，他一定是怕我说出去，所以才故意诬陷我。"

做笔录的警察同情地看了黎允儿一眼。他们也觉得蹊跷，一个大公司的总经理，竟然为难一个小姑娘，但根据《治安管理处罚法》，故意损坏公私财务，要处五日以上十日以下的拘留，金额超过七千元，就是刑事案件了。

"你有什么证据吗？"警察问她。

黎允儿思忖一下，摇摇头，做泫然欲泣状："我一进去他就将门关上了……"

"好，这件事我们会调查清楚。"警察做好笔录，示意她们可以先离开。

等毕夏带黎允儿回到公司，一下车竟然发现有人在门口摆了一只花圈，挽联上竟然是衣雅公司的名字。黎允儿气得就要转身找徐总讨要说法，毕夏赶紧拦下她。

"这个人太卑鄙了！"黎允儿气得发抖，"明明是他动手动脚，反而倒打一耙！我今天不去他公司揭开他的真面目，我就不姓黎！"

"允儿，你冷静点！"毕夏正色道，"我们现在没有证据证明是他送的，如果你去找他，他再找个理由诬陷你……"

"我可不怕他！"

"像他这样的人什么事做不出来？允儿……"

此时此刻的黎允儿哪里听得进去，她已经反身上车，气呼呼地朝着徐总的公司驶去。毕夏想起陆怀箫的公司离徐总公司很近,当即给他打个电话,让他去楼下拦住黎允儿,以免她冲动惹出事端。

她紧跟着开了公司的车追上去,心里又急又自责。

有允儿到衣雅来,她安心好多,两个人可以一起商量,一起想办法应对。她不善交际,也不喜热闹的场合,允儿知道她的性格,每每要谈业务都自己前去,避免了她的尴尬。

等毕夏到徐总公司楼下,看到自己的车停在那里,黎允儿坐在车里,副驾驶的位置上是陆怀箫。

毕夏松了一口气。

"我们先去别的地方谈谈。"陆怀箫给毕夏打电话,报了一个咖啡馆的地址。

黎允儿一直沉着脸,赌气不肯说话。

陆怀箫询问地望了毕夏一眼。

毕夏将今天的事解释一番:"徐总的办公室没有摄像头,他一口咬定是拒绝允儿的行贿,让她恼羞成怒,所以才摔了他的电脑,还说他的电脑价值两万……"

"他血口喷人!"黎允儿忍不住说,"他竟然还放花圈到我们公司门口,让来谈业务的人看见影响多不好?"

陆怀箫思忖了一下:"我去跟徐总谈,看能不能私下和解。"

"我才不要跟他和解!"黎允儿气得一拍桌子,惹得旁人侧目。

毕夏拍了拍她的手,对陆怀箫说:"他打了允儿——"

黎允儿一听,讪讪地笑了笑,摸摸自己眼角的瘀青:"不是他打的,是安全气囊弹开弄伤的。"

"怎么回事?"毕夏和陆怀箫不由望向她。

"撞到栏杆了,不过车杠竟然只是擦伤!"黎允儿庆幸地说,"当时好险!"

陆怀箫听完允儿的话:"官司打下来,太耗费时间精力了……"

他深深看了允儿一眼。

黎允儿沉默地把玩着汤勺,知道陆怀箫说得对。何必为人渣浪费时间精力呢?他诬陷她证明他行事卑劣,他送花圈到公司证明他无耻,纠缠下去势必还会有更多麻烦。

"算了,"黎允儿端起面前的苦咖啡抿了一大口,"去和解吧,我不想跟这种人纠缠。"

"允儿——"毕夏迟疑,"可是他骚扰女性肯定不是第一次了,如果这次放过他,也许他还会对别人下手。"

"我会想办法调查他。"陆怀箫笃定地说，"这件事交给我来办。"

正说着，陆怀箫接到父亲的电话，说母亲去菜市场买菜摔倒了，现在已经送到医院。

他的神色越来越凝重，腾地站起来，对毕夏和黎允儿说："对不起，我得去医院一趟。"

"我送你去！"毕夏站起来。

陆怀箫刚想要拒绝，毕夏已经朝前走去，而黎允儿起身推了推他："愣着做什么？快去呀！"

这几日他总是想起那晚醉酒时的情景，他握着她的手，靠在她肩上，这样的亲昵让他心悸不已。开会的时候，旁人在说什么他根本没听进去，径自回味着那一刻迷茫的幸福。直到别人喊了好几声，他才恍然地从回忆里醒过来。

他多想去找毕夏呀，想要将她揽在怀里，倾诉自己一腔的思念。

但理智在牵绊他，现实里的一切都在提醒他，陆怀箫，你的人生是一片汪洋大海，你如何让毕夏在这波涛汹涌中安稳地度过一生？这个声音就像刀刃，割得他的情感惆怅又伤怀。

坐在毕夏的车里，陆怀箫望向窗外，事实上，那玻璃窗上有着毕夏的剪影，让他能够粉饰着心情，静静地凝视她。

如果毕夏能够看到，一定能感受到陆怀箫目光里黏稠得像岩浆般滚烫的爱意。

下车的时候，陆怀箫不等毕夏开口，抢先一步："你先回公司忙吧。"

毕夏一怔。

陆怀箫心情复杂地笑了笑："路上注意安全，允儿的事交给我来办。"

陆怀箫不忍看着毕夏眼里的追问和失望，他决绝地转身走向台阶。

毕夏握住方向盘的手紧了又紧，后面的车辆在摁喇叭，突然间她跳下车朝陆怀箫大喊："陆怀箫，我等着你！我就在这里等着你！"

十六岁的毕夏清冷高傲。

二十三岁的毕夏内敛沉稳。

她从来就不是一个肆意宣泄情绪的人，无论任何事她都克制隐忍，但此刻，她变得不像自己了。她不想再去揣测和等待——这种感觉太难受了。

陆怀箫，她分明能确定他的感情——那一晚他握住她的手，他的指尖在微微颤抖。

他在怕什么？逃避什么？

陆怀箫缓缓地转身，看着面前朝他喊话的毕夏，心潮澎湃。

阳光下的她真美呀，她穿着一件暗绿色绒线连衣裙，头发柔软地披在肩上，就像一株兰花，散发着高贵的芬芳。

他冲她艰涩地笑了笑，自然明白她说的"等"是什么意思。

但他转身迈向台阶，决定装傻到底。

喇叭声在身后此起彼伏，他知道毕夏在看着他，知道要让毕夏说出这样的话来有多难。

一步。

又一步。

他的心都碎了。

然后他猛地转身，毕夏下意识下车。陆怀箫走上前一把将毕夏揽进怀里，手指扣着她的后脑勺，将她的脸压在自己的胸口，迅速地说了一句："别等我了！"

喇叭声停了下来，四周变得很静，毕夏的耳边只回荡着一句："别等我了。"

汹涌的悲伤朝着毕夏的心脏扑去，她木然地上车，一直开，一直开……等到了无人的地方，她终于停下来，伏在方向盘上，让眼泪默默地流下来。

第十章

请你等一等

黎允儿正在开会的时候，助理进来说有人找她。透过百叶窗，她看到一个陌生的女孩，她又仔细回忆了一下，发现自己确实不认识她。

等会议结束，她去到会客厅，那个女孩已经等了她一会儿了。

"你是——"

姚元琪好奇地打量着黎允儿，这是她第一次见到本尊，之前也都是在哥哥姚元浩的手机里见过她的照片，倒不觉得有多出众，只是她眼神磊落，表情坦然，一看就是开朗的女孩。而且她有着小麦色的皮肤，应该很喜欢运动，姚元琪又对黎允儿多了几分好感。

黎允儿被她盯得后背一阵发冷，端起水杯，不由得问："你确定你找的人是我？"

"我是姚元浩的……未婚妻。"

黎允儿正在喝水，惊得一口呛出来："你说你是谁？"

姚元琪玩味地笑了："姚元浩的未婚妻，我叫琪琪。"

黎允儿这才打量了她一番，看上去不过二十岁，穿牛仔衣牛仔裤松糕鞋，头发又卷又蓬松，斜挎的布包上还有几个卡通挂饰——这种小女孩会是姚元浩喜欢的类型？

黎允儿安抚自己狂跳的心，不动声色地问："难道你说是，就是？"

"我知道你跟我……我未婚夫。"姚元琪在心里朝自己吐吐舌头，差点就说成"我哥"了，她今天就是来试探黎允儿的。也是想要"刺激"一下她，说不定她就真情流露，去找哥哥表白，两个人破镜重圆。

姚元琪清清嗓子："我知道你跟我未婚夫谈过一阵子恋爱，不过那都是学生时代的感情了，谈不上多深，而他遇到了我，我们就认定彼此是一生挚爱……"

黎允儿被她说笑了，忍不住打断她："说重点。"

姚元琪从布包里翻找了一下，然后掏出一张请柬放到黎允儿面前："既然你是元浩的前女友，所以我想请你参加我的婚礼。"

黎允儿看着面前的请柬，轻轻叩击几下："你到底是谁？做这种无聊的事有趣吗？"

"就知道你不会相信。"姚元琪是有备而来，她将手机相册调出来，"有照片为证。"

黎允儿看到姚元浩和琪琪的自拍，心里猛地一撞，不由得拿过手机，一张张地看下去。

两个人勾肩搭背，各种搞笑，各种亲昵，看得黎允儿的心一直往下沉。

原来如此。

姚元浩跟她分手以后没有找她是因为这个女孩，而他怎么可以这样对她？明明都已经跟别人谈婚论嫁，却还来求复合。

难道她是备胎吗？

琪琪看黎允儿生气地握紧拳头，心里笑得欢喜，看来她的试探奏效了，黎允儿对她哥余情未了，两个人的世纪复合指日可待。

"你怎么想？"琪琪睨着眼睛挑衅地问。

"婚礼？"黎允儿冷冷一笑，"我不会大度到祝福你们。"

"然后呢？"

"你还想怎样？"黎允儿盯着她。

姚元琪心里被吓得吐了吐舌：好强的气势呀！

"还有什么感想或者体会？"姚元琪不怕死地笑了，"是不是很痛苦？"

"我们已经分手，他跟谁在一起与我无关。"

"那我得谢谢你了，这么一表人才、淳朴善良、温柔贤惠……的男人，"姚元琪扬扬得意，越说越起劲，"你竟然拱手于我！"

"出去！"黎允儿毫不客气地下逐客令。

"你这么生气，难道你还喜欢他？"

"请你出去——"

"告诉你，我是不会退出的！"姚元琪喊出声，"我对他的爱至死不渝……"

黎允儿见她赖着不走，气得笑了："好好好，你不走我走！"

说着她起身朝外走去，留下姚元琪笑得快岔气。她将放在桌上的请柬收起来，在心里对姚元浩说，哥，我就只能帮你到这儿了。

黎允儿去到毕夏的办公室跟她讨论订货会的事，可她心思恍惚，脑海里一直是姚元浩与那个女孩的亲密照。

毕夏连唤了她几声她都没有反应，毕夏抬手在她眼前晃晃："在想什么呢？"

"啊？"

"订货会的展台布置这三种方案你看……"

毕夏把资料放到允儿面前，后者失魂落魄地没有接，反而突然一把抱住毕夏，有气无力地说："姚元浩要结婚了。"

毕夏一怔，下意识地说："和谁？"

"一个小女孩。"

"怎么可能?"事情太突然,毕夏难以置信,"姚元浩不是来找你复合吗?他怎么可能和别的女人结婚?"

"也许男人变起心来,比火箭速度还快。"

"你应该去问问他,"毕夏安抚地拍拍她的后背,"有误会总要解开。"

"不用问了,我看过他们的照片了。"黎允儿的眼泪滚滚而出,"他和她的亲密照,就是最好的证据,而且,他们在一起很久了……"

毕夏始终不相信姚元浩会劈腿,她了解的姚元浩朴实又羞涩,是个女生跟他说话都会脸红的人,而且她还记得那个晚上,她在允儿公司楼下看到姚元浩徘徊的身影,那种关切之情溢于言表。

"允儿,去问问他。"毕夏正视她的眼睛,鼓励地说,"其实你心里也有疑问的,对不对?"

黎允儿醒悟似的站起身,一边朝外面走,一边说:"订货会的事回头跟你说,我先走了……"

毕夏望着她急切的样子,心里有些不安——如果这件事是真的,那对允儿来说,是怎样的打击?希望这只是一个误会吧。

黎允儿到姚元浩家楼下的时候,错愕地看到了琪琪。她戴着耳塞,抄着手一边听歌一边走路,那轻快明媚的样子就像是十六岁的少女。

黎允儿坐在车里,感觉整个世界都在缓缓下沉。

原来真相是这样残忍——琪琪都已经住到姚元浩家里去了。

他不是说不要分手吗?不是说要和她重新开始吗?

是,她是骗了他。说自己是高志翔的女朋友,但那只是故意说来气气他,想要让他难受一下的。可这些天他也没有来找她呀,她本来想着等徐总的事解决了就去找姚元浩,跟他解释清楚,但没想到他转身就要结婚了——这可真是讽刺!

好一会儿,她才察觉自己已经泪流满面,她难过的不仅仅是这段感情的结束,而是难过她爱了一整个青春的人竟然这样欺骗了她。

她胡乱地擦了擦脸上的眼泪,决绝地转身离开,这条通往姚元浩家的马路在她身后延伸,越来越远,仿佛已经是世界的尽头。

她知道,她再也不会来这里了。

去兼职公司开会的楚君尧收到了米荔的微信：晚上去吃牛排吧，我想吃。

楚君尧看了一眼正在发言的领导，将手机拿到桌子下，悄悄地回了一句：好。

早点回来，么么哒。

她还发了一个飞吻的图。

楚君尧不由得笑了。等他一抬眼看到上司正狐疑地盯着他，赶紧把笑容收住，正襟危坐。

"这款游戏是公司今年的重点项目，大家还有什么想法可以提出来。"上司望着楚君尧，严厉的语气立刻切换到亲切模式，"君尧，虽然你是兼职，但你现在已经是我们公司的骨干，你来说说看，你的构思。"

楚君尧站起来准备发言，手机又响了，他下意识看了一眼，屏幕上出现米荔用自己头像做的"花痴"动图，惹得楚君尧"扑哧"一声笑出来。

随即楚君尧的脸滚烫起来，因为此时，二十几个人齐刷刷地盯着他，他真是满头黑线。

"女朋友吧？"上司笑问。

楚君尧不好意思地点点头，整个会议室的人都笑了。

"你们这些小年轻谈个恋爱真令人羡慕呀！"上司说，"不过像君尧这样出众，女朋友一定也是漂亮极了。"

楚君尧在回去的路上跟米荔说起今天开会的事，觉得又好笑又好气："以后开会的时候不准再发微信过来了。"

等他发完这句，米荔不再回复他了。他捏着手机开始胡思乱想，是我语气严厉了吗？难道她生气了吗？不过是一句玩笑话罢了，她不会真的生气吧？

转念又觉得自己着实可笑，怎么现在面对米荔会这样小心翼翼呢？也许是他们在一起的时间要用天来计算，所以他格外珍惜这些时光。米荔的论文通过，答辩也过了，她即将返回美国，而归期是遥遥无期。

他最后的面试也已经通过，已经拿到本校的研究生录取通知书，等到九月正式入学。随后是两年的学习，那他和米荔在这两年的时间里也只能在假期见面，想想，他都忍不住要叹气。

其实已经打过很多遍腹稿，想要跟米荔谈谈，看能不能让她说服母亲回中国来住，毕竟她也是中国人，落叶归根，回到熟悉的环境说不定对她的病情还有帮助。可每每话到嘴边又被他吞了下去，他觉得自己太自私了，为什么只要求米荔牺牲呢？她和母亲已经在美国生活了十多年，回来谈何容易？

楚君尧对这段感情的前景时而乐观，时而悲观。

他的内心备受煎熬，在见到米荔的时候又要把这种情绪收起来，不想影响她。

楚君尧在微信上问毕夏：如果是你，会怎么选择？

毕夏想了一会儿回答：我不知道未来的事，唯一能决定的是现在既然在一起，那就好好的。

楚君尧和米荔的感情在即将要分开的日子里，变得越来越浓稠，他会给她送花，给她准备礼物，和她去听演唱会，带她去她喜欢的餐厅，在书店里背靠背地看书，牵着手去散步，在游乐场的摩天轮上深情相拥，爬上一座山等日出，骑着单车胡乱地逛逛……

这些浪漫的事是他们的爱情，也是他们的回忆。

等了好一会儿米荔还是没有回微信，楚君尧忍不住问："不是要吃牛排吗？"

"我在你家等你呢。"

这句话令楚君尧的步子变得飞快，他几乎是一路小跑着朝家里走去。

等他气喘吁吁地拿出钥匙开门，米荔正系着围裙在厨房里忙碌，而何遇正在餐桌前大快朵颐。

"你怎么回来得这么早？"何遇塞一口牛排到嘴里，不满地说，"为了不妨碍你们二人世界，米荔要我赶紧吃完赶紧滚。"

楚君尧走向厨房，笑着点了点米荔的鼻尖："你的决定太英明了！"

何遇鼻子里冷哼一声。

米荔用手肘戳戳楚君尧："去洗手，一会儿吃饭啦。"

楚君尧觉得这样的画面过于温馨了，内心一阵激荡，忍不住俯下身飞快地在米荔的脸上啄了一下。

原来她说想吃牛排是在家里亲自下厨，而她的厨艺竟然相当不错。牛排鲜嫩、烤翅美味、芝士焗红薯绵软香甜……米荔关了灯，在铺了方巾的桌上点了蜡烛，再放上优美的音乐，气氛暧昧浪漫。

"像我这么好的女朋友你再也找不到了。"米荔在烛光下望着他笑意盈盈地说。

"幸好我有眼光。"

"上辈子拯救了银河系吧？"

"是拯救了全宇宙。"

"楚君尧，假如……"米荔的眼里蓄上泪来，困顿地说，"假如有一天我们分开了，你一定要记得米荔是全世界最喜欢你的女生！"

"傻瓜，我们不会分开。"

"距离和时间都会让一段感情变淡。"

"我对自己有信心。"

"可是我对未来很不乐观。"

"米荔，你变得都不像你自己了，以前的你可是最开朗活泼了。"

米荔吸了吸鼻翼，眯着眼睛笑了："分开的日子里我也会坚强的！这一场异国恋，我们能坚持多久就坚持多久！"

"这话怎么听着不顺耳呢？"

米荔收起笑容，深深地说："我爱你！"

"我知道了。"楚君尧走到米荔身边，轻轻拥住她，深深地说，"我爱你。"

过了几日，米荔就飞回美国。他们在机场依依不舍地道别。

未来会很辛苦，但只要有爱就可以跨越一切，时间和距离都不存在的。因为她相信，故事的结局一定会是幸福和圆满。

3

每年一度的春季服饰订货会，比毕夏和黎允儿想象的要清冷一些，三天的展览，她们的展台只有寥寥数人来问询，而订单竟然一笔都没有。黎允儿不气馁地去门口发名片和传单，希望有人能到她们展台看看。

毕夏看着这样的场面，也很失望。这是她第一次参加这种活动，前期也准备了许久，从展台布置，到宣传册设计，再到成衣的制定，她都是亲力亲为。她看着黎允儿热情发传单的样子，心里有些动容——那个从云端摔下来的女孩，现在也这样接地气了。她对衣雅的付出，让毕夏很是感动，可又觉得委屈了允儿，她对服装原本不感兴趣，而且负责销售这一块，接触的人太杂，她一个女孩子难免会再遇到徐总那样居心叵测的人。

这时毕夏看到黎允儿带着一位五十岁左右的男人朝她们展台走来。

毕夏赶紧迎上前，将衣服画册和公司宣传单递给他看。

"我们毕总就是设计师，对流行时尚很懂。"黎允儿笑容满面地介绍，"您看一下这个夏装系列，我们主推的是亚麻这种轻薄又有垂感的料子……"

男人并不感兴趣，往宣传册后面继续翻。

"这是我们的真丝系列，因为真丝的料子已经很漂亮了，所以设计裙装就不会将它剪得太碎，这会破坏它的美感……"

可是男人没有搭话，依然快速地往后面翻。

忽然，男人快速翻动的手停了下来，黎允儿心里一喜，抓住机会推荐："这是我们毕总设计的中老年夏装系列，您看这种上下连成一片式的不带收腰的款式，既不破坏料子的美，穿起来也不挑身材！这种中老年款也不是一点儿式样都没有，我们在领口和肩部都有设计，这种细节的处理会……"

男人越看越觉得满意，啧啧出声："还真是漂亮！"

毕夏和黎允儿欣喜地对视一眼，受到了鼓舞。

"您看这款，并不像老年款那么中规中矩，在胸襟的地方有木耳边，裙摆是四片设计，显得很飘逸也很有气质，重要的是我们家的这个系列都不挑身材。"

"其实我们就是主推中老年市场。"男人拿出自己的名片递给她们，"但我转了一圈，年轻人的服饰居多，就算有这种中老年服饰，要么就是价格太高，要么就是布料太差，你们这种有设计感价格又适中的倒甚合我的心意。"

"刘总，您可以去我们公司实地考察。"黎允儿热切地说，"我们可不是小作坊，是企业化管理……"

刘总很感兴趣，对售后这一块开始询问。

正说着，突然间冲上来两个男人，他们一屁股坐在展台上，对着毕夏就开始嚷嚷："骗子！你们衣雅公司就是大骗子！收了定金但迟迟不发货！"

毕夏和黎允儿莫名其妙，黎允儿正色道："你们是哪家公司？如果有业务纠纷可以下来跟我们谈，若真的有这种事我们赔偿违约金。"

"什么公司你不知道？"一个戴着宽大黑墨镜、穿黑衬衣的男人慢悠悠地说，"这位老总，您可千万别跟这种不守信用的公司合作！"

"别乱讲话！"黎允儿气愤地瞪着他，"拿出证据来！我看你就是来捣乱的吧！"

刘总见到纠纷，丢下一句"我再看看"，赶紧走了。

黎允儿眼见着快谈成的业务飞了，恼得上前揪住其中一个男人的衣服，抬手就要打，被毕夏赶紧拦住了。

"算了，由他去吧。"毕夏低声说。

黎允儿环顾四周，看着聚拢而来看热闹的人心下也明白，这两人就是想把事情闹大，她可不能上他们的当。

黎允儿冷哼一声松开手："是徐总派你们来的吧？回去告诉你们徐总一声，如果他再找我们麻烦，我不会放过他。"

　　两个男人见黎允儿不上当，也就无趣地走了，但他们也不走远，就在一边站着，等着有人过来询问，他们就上来捣乱。

　　毕夏无可奈何，只好跟黎允儿说收拾东西撤柜算了。

　　黎允儿气得给徐总打电话，警告他再找人生事，她就去他公司揭穿他的真面目。之前徐总非要告黎允儿损害他的个人财物，陆怀箫去找他谈了一次，之后徐总就乖乖去派出所销了案。黎允儿问陆怀箫怎么做到的，陆怀箫说像他那种人一定会有经济问题，他只是企业高管，收入再高，也不至于住别墅，女儿上国际学校，只要诈他一下他就怕了。

　　徐总虽然撤了案，却玩起了阴招。他派人在衣雅门口放花圈、到处散播对衣雅不利的传言，还来订货会捣乱，阴魂不散。

　　挂了电话，黎允儿一边生气一边嘟囔："真恨不得揍他一顿。"

　　毕夏宽慰道："算了，由他闹一阵子，不理他他也就觉得无趣了。"

　　毕夏今天回家早，母亲觉得很奇怪："不是去订货会了吗？"

　　毕夏只得将徐总的事说与母亲听："那徐总真是无耻得很，明明是自己骚扰允儿，现在还死缠烂打地找事。"

　　"要不跟怀箫商量一下？"沈梓瑜试探地问，"他心思缜密，处事沉稳，总会有办法解决。"

　　毕夏停顿一下，幽幽地说："我怎么能事事求助于他？他有自己的生活，将来还会有自己的家……我还是尽量不打扰他的好。"

　　"怀箫不是那种人，他……"沈梓瑜欲言又止。

　　"妈，您放心，这些事我会处理好。"毕夏艰涩地笑笑，"以后就不要提陆怀箫了。"

　　沈梓瑜心里叹口气，实在不忍女儿误会陆怀箫，更不愿意见着她隐忍自己的感情。这两个孩子，她多希望他们能走到一起，她纠结了好一会儿，终于还是忍不住说："其实，妈妈一直想要跟你说件事。"

　　毕夏询问地望向母亲，笑了："怎么这么严肃？"

　　"陆怀箫——"

　　"妈，刚说了以后不要提他了。"

　　"你真的是误会他了！"母亲叹口气，"他是个好孩子，也是处处为你着想……他母亲病了。"

毕夏点点头："我知道，之前我送他去过医院，但他……"他并没有邀请她一同前去看望他母亲，更是拒绝了她的"等"。

"他母亲的病很严重，"沈梓瑜握住女儿的手，"重症肌无力，也许发展下去会瘫痪，你也知道，他还有一个脑瘫的哥哥！他的家庭负担太重了，你要想清楚，如果你决定接受他，就得接受他的家人，他的生活，他的一切。"

原来如此。

他的忽冷忽热都是因为不想拖累自己？但陆怀箫，我就这么不值得你信任吗？你怎么知道我就不会选择和你并肩承受这一切呢？

等陆怀箫下班回来的时候，看到巷子口亭亭而立的毕夏，她穿着一条红色的裙子，目光温柔，夕阳打在青石板上，有一种姜黄色的光晕——这一刻，陆怀箫有了宛如初见的紧张、欢喜和悸动。

情不知所起，一往而深。

毕夏和陆怀箫向着彼此走近，内心的思念和感情在汹涌，可是陆怀箫酝酿的勇气在看到自己的家门时突然间化成了水，悄然地流走了。

他艰涩地、困顿地、悲凉地望着她。

"我知道了。"毕夏凝视他的眼睛，"是因为你母亲病了，你才拒绝我的吗？"

陆怀箫嗫嚅着，却终将心里的话停滞在唇边。

"告诉我，是不是因为怕拖累我……"

这一瞬间，毕夏感觉到陆怀箫眉眼间的沧桑，她的心疼了。

"说话呀，陆怀箫！"毕夏知道自己不该逼他，可是她太想知道答案了！他们已经错过了很多时光，难道还要继续蹉跎下去吗？

"不是——"陆怀箫的心碎了，但在残酷的生活面前，这份爱，他不能流连忘返。

毕夏的目光灼灼地烧着他的心。

残阳落尽，风卷起惆怅，有依稀的歌曲传来：

有些感情浓到一贪再贪，有些感情淡到一挥便散……

4

沈冬晴打来一盆水，将毛巾浸进去，再拧干，然后细细地擦拭裴雨阳的脸，浅笑着说："还记得我们的约定吗？你请我第一次吃西餐的地方，后来我们约定每年都去那里吃饭，时间已经快到了呢！今年你也要守约哦。"

周媛难过地别过脸去，默默地擦了擦眼泪。

从手术到现在已经三天了，但裴雨阳一直昏迷不醒。

当时，医生打开裴雨阳颈部动脉找到动脉壁上的斑块进行了剥离手术，因为所在位置太靠近神经，加上斑块太多，剥离过程非常复杂，原本预定三个小时的手术，最后用了五个小时才完成。本以为手术很成功，可是在最后缝合切口的时候，动脉血管突然破裂，医生只能紧急做了颈部结扎……

这个突然的意外让医生也不能判断是否伤到了裴雨阳的神经，只能等他醒来以后才知道。可是，裴雨阳一直没有醒来，令所有人的心都揪了起来。

裴向成走到妻子身边，安抚地揽了揽她的肩："放心，雨阳一定会醒来。"

"怎么会是雨阳？"周媛嘤嘤地哭起来，"他还这么年轻……"

裴向成无言以对，医生今日叫他去办公室，说如果裴雨阳还不醒来，很有可能就伤到神经，恐怕会是最严重的后遗症。他不敢和妻子说，一个人在走廊哭了好久。

后来他找来沈冬晴，交给她一封信。

"雨阳进手术室之前给我的。"裴向成红了眼，"他说如果他没有醒来，要你去做你喜欢的事，不要守着他了。"

沈冬晴咬住唇，眼泪扑簌而下，她将信捏在手里又递给裴叔叔，轻声说："我不要——"

"孩子，我们都知道你和雨阳的感情，可是他如果知道你为了他，吃这么多苦头，他会难过的！"裴向成哽咽地说，"有我们照顾雨阳，你放心——"

"他凭什么替我做决定？"沈冬晴吸了吸鼻翼，浅浅地笑了，"裴叔叔，您别劝我了。"

"可是……"裴向成终于忍不住老泪纵横，"医生说他很有可能醒不来了，冬晴，叔叔阿姨知道你有情有义，但你还年轻呀！雨阳希望你去做自己喜欢的事，对，那个驻外记者，或者回学校做老师！我们不能自私地……"

沈冬晴打断他："裴叔叔，雨阳会醒来的。"

沈冬晴不想去看裴雨阳留给她的信，那不过是想要说服她离开罢了。她怎么会在这个时候离开呢？他已经是她的家人，是她安身立命所在。

下雨了，沈冬晴起身去关病房的窗户，看到院子里开得正艳的石榴花，它们一簇簇地扎在树枝上，让人心生希望。

等她关好窗户转身，对上的是裴雨阳的目光。

那目光，温柔得不成样子。

嗨，经年过去，你还是我俊朗又美好的少年。

别来无恙。

5

毕夏刚打开门，突然一个人冲上来一把勒着她的脖子，拿刀抵住她的喉咙："别出声。"

这冰冷的声音令毕夏顿时感觉寒意从脚下一路升了上来——竟然是快三年不见的付文博！

付文博之前因为故意伤害罪被判入狱三年，没想到放出来竟然还为之前的事报复她们。毕夏心里暗自庆幸，母亲一大早就参加京剧票友的活动不在家。

付文博用脚将门关上，逼着毕夏坐到沙发上，冷冷地说："毕夏，我们这笔账今天要好好算一算了！"

"一切都是你咎由自取！"

"若不是你耍手段，我怎么会栽在你手里！"

"那是你居心叵测！"

"少废话！"付文博掏出一根绳子，恶狠狠地说，"自己把脚绑起来！"

毕夏刚想反抗，就感觉抵住她颈项的刀割裂了她的皮肤，疼得她倒抽一口凉气！

"快点！"付文博厉声说，"别跟我玩花样！我反正已经豁出去了，就算是死也要拉着你垫背！"

毕夏慢慢镇定下来，配合地将脚踝用绳子捆住，心里想着如何与他周旋。

"你无非是想要钱，"毕夏说，"我钱包里有一些，书房的抽屉里还有些现金，你统统拿去，我不会报警！"

付文博嗤笑一声："你以为我是来你这要钱的？错了，我是来找你报仇的！你害得我一无所有，害得我坐了快三年牢！你以为就这么轻飘飘地过去了？在里面的日子，我无时无刻不想着找你报仇！我要让你付出代价！"

"付文博，你到底想干什么？"毕夏怒斥道，"你就没有想过，是因为你的贪欲害了你吗？"

付文博将毕夏的手反剪到身后，用绳子捆好。看着毕夏无法动弹，他终于放心了。

　　他又从背包里拿出一桶汽油，开始往屋子里乱浇，嘴里癫狂混乱地说："八年前你们家发生了一场大火，你爸和你奶奶死在火里！今天历史要重演一遍，你将和他们一样，死在这场大火中！"

　　"路上到处都是监控，你以为你跑得掉？"

　　"我就没想过要跑！"付文博大笑起来，"反正我这辈子完了！没有家，没有老婆，连我唯一的儿子也不认我！你知道我儿子吗？他看我的眼神像看陌生人……"

　　提到儿子的时候，付文博的眼里有一丝温情，但转瞬即逝，他打开打火机，狰狞地笑："反正我一无所有了，我也要你陪葬！"

　　"付文博！你忘记你的儿子了？你死了，更没人照顾他了！"

　　付文博面色有些迟疑。

　　毕夏继续说："我可以给你钱，有了钱，你和你儿子才有好日子！"

　　毕夏闻着浓烈的汽油味，脑海里出现八年前家里的那场火灾，她仿佛看到在熊熊火光里挣扎的父亲和奶奶，惊惧和绝望一起涌上心头，令她痛不欲生。很长一段时间她都不敢回到这个家里，母亲却坚持将别墅修复后搬了回来。

　　她知道母亲坚持住回来的原因，这里有他们一家四口最温暖幸福的回忆，即使如今只剩下她们母女，这里也是她们的家，是不能被遗忘和抛弃的。

　　引起火灾的花房依然被母亲种上了很多花，她说，毕夏，你爸会看到的，看到我们过得很好，他也会安心。

　　但此刻，毕夏绝望地闭上眼睛，觉得自己今天一定逃不出去了。

　　"好，给我钱！我要一百万！"付文博歇斯底里地大喊起来，"快把钱给我！"

　　"我哪里有那么多流动资金？就算有也是在公司账面上！"毕夏鄙夷地说，"你难道不知道就算我把钱转给你，只要你一取钱警察就会追查到你，你根本逃不掉！"

　　"那你有多少钱？"付文博知道她说得对，狂躁地在她的包里翻找，然后抽出几张银行卡。

　　"所有的钱都在公司账面上！"毕夏心里一热，意识到这可能是个逃脱的办法，她极缓慢地说，"你别急，我给财务打电话，让他们将钱转给你！"

　　付文博迟疑地看着她。

　　毕夏知道她说动了付文博："如果你不相信，你可以等财务把钱转给你后，你去银行取了现金再放了我！"

　　"你怎么认定我拿到钱还会放了你？"

　　"付文博，难道你不想见到你儿子了吗？"毕夏轻声说，"他现在对你陌生，但只要你多陪陪他，他一定会和你亲近！毕竟血浓于水！"

"儿子！"付文博的眼神有所松动，这是他的软肋。

"钱不多，流动资金也就三十万！"毕夏说，"但我不会报警，前尘旧事咱们一笔勾销！"

付文博陷入沉思。

毕夏不敢再游说，怕刺激了他，还是让他自己想想。

良久，他终于同意："好，你打电话！反正你现在在我手里，如果你耍花招，大不了同归于尽！"

毕夏在他的示意下将手机开了免提，然后她打给了黎允儿："允儿，我是毕夏。"

在电话那边的黎允儿不疑有他，笑着说："今天我可比你先到公司，你迟到了——"

"你现在帮我转三十万到一个账号上，这是货款，对方催得很急。"

黎允儿一怔："三十万？毕夏，这可是公司所有的流动资金，一下拿出去……"

"晚点我跟你解释，但现在你直接转账就好。"毕夏停顿一下，"我还在家，一会儿就到公司。"

还没有等黎允儿追问，毕夏已经挂了电话。

这个电话虽然毕夏并没有说什么，却让付文博有了上当的感觉。他觉得自己大意了，怎么会轻易相信毕夏的话呢？她怎么可能轻易地将钱给他？一定是打电话通风报信去了。

付文博抬手给了毕夏一个耳光，他像热锅上的蚂蚁，急躁地吼，"刚才那个人不是财务，对不对？好，你又害我，你这个贱人！"

付文博已经顾不得那三十万了，他赶紧上楼去书房和卧室里搜找值钱的东西。

毕夏听着楼上的动静，站起身朝门口逃去，因为手脚被捆住，她只能一步步跳过去，眼看着要到门口了，千钧一发之际头发被付文博一把揪住往后一扯，她重重地摔在地上，疼得眼冒金星。

"还想跑？"付文博被激怒了，他将毕夏往一楼卧室里拉，又将她的门反锁起来。

随即付文博走到门口将打火机扔在地毯上，刚浇过汽油的地毯一下就蹿起了火苗。

他冷冷一笑："去死吧！"

付文博戴上帽子，迅速地逃离了毕夏家。

此时陆怀箫正心急如焚地往毕夏家里赶。

黎允儿在接到毕夏那个"莫名其妙"的电话后已经意识到她出事了，她赶紧打110报警，又给陆怀箫打了电话。

陆怀箫一怔，追问道："你确定毕夏有危险？"

"确定！"黎允儿坚定地说，"公司账面上就只有三十万流动资金，她根本就不是那种孤注一掷的性格，怎么会将所有的钱转走？"

陆怀箫心里"咯噔"一下，一边拨打毕夏的电话，一边朝外跑。

可是毕夏的手机始终无法接通，等他坐在车里远远望见毕夏家时，只见浓烟滚滚，火光冲天……顿时，他感觉心脏的位置突然变成一个黑洞，有一双手在里面搅动，就好像要将他反噬到旋涡之中。

现场嘈杂纷乱，围了好多人，消防车、救护车、警车……陆怀箫不顾一切地冲上去，可被人从身后紧紧拦住。

"救人！救人呀！"他痛苦地大喊，"让我进去救人！"

毕夏，我终于明白，有些话来不及说会抱憾终生，这一次，请你等等我。等我们重逢的那一天，我一定会大声地告诉你："我爱你！"

阳光明媚的五月，光裹挟着风，席卷了整个城市，好像要将整个世界都包裹进去。

——本季完——